W生徒会長～
どっちを選ぶの!?
青橋由高
illustration ©丸ちゃん。
美少女文庫
FRANCE SHOIN

プロローグ　Wで想われて……

長い髪の少女は枕もとに置いた同人誌を貪るように読んでいた。

もう何度も何度も読みかえし、そして淫らな自慰行為のオカズに使用しつづけた大切な「宝物」だ。

（やだ、私の貴寛《たかひろ》が犯されてる……こんな可愛い顔で喘いでる……あン……ダメよ、そんなエッチな顔を見せていいのは、私だけなんだから……ぁ）

そのBL同人誌に描かれた主人公は、少女が想いを寄せる少年とびっくりするくらいに似通っていた。

（貴寛……やっ、私の貴寛を犯さないで……その子を汚していいのは私なのぉ……んっ……あっ、ダメ、私以外で射精なんてしちゃダメなのにぃ！）

作中でその少年はさまざまなプレイで犯され、汚され、辱しめられていく。

それをうつ伏せで読みながら、少女は左手で乳房を、右手で秘所をまさぐるのだ。数年前から成長がとまってしまったかのような慎ましやかな膨らみと、薄い茂みの奥の潤んだ割れ目を忙しなくいじる。

「あっ……んっ……んん……んは……っ……あはァ！」

温かい蜜で潤んだ小さな膣口を指でかきまわしながら、同人誌のページを捲《めく》る。少年が精液を飛び散らしながら激しく絶頂するシーンだった。

(貴寛の精子っ……ああっ、欲しいの、キミのザーメン、ココに、オマ×コに欲しいのお！　来て……私の子宮にいっぱい出してぇ!!)

膣に人差し指の第一関節までを挿《い》れ、くちゅくちゅと攪拌《かくはん》するように激しく折り曲げる。

「んはっ、あっ、イイ、これイイ……ッ！」

快感に瞳を濡らしながら、震える指でまたページを捲る。いよいよクライマックス、形勢逆転した主人公の少年が、年上の相手をイカせるシーンだ。

(挿れて、私のアナルにもキミのオチン×ン挿れてぇ！)

相手役のキャラに感情移入しつつ、愛液で濡れた指を今度は後ろの穴にあてがう。

(ああっ、来る、太いの、お尻に来るぅ！　あっ、やっ、ダメ、お尻、感じちゃう、アナルで感じちゃうッ)

処女膜が邪魔をする膣と違い、こちらの穴には指が根元まで収まってしまう。もう何度も己の指でほじりつづけた排泄《はいせつ》器官は柔らかくほぐれ、嬉しそうにヒクついている。

（あっ、イク、イク、お尻の穴でイッちゃう！　ダメ、貴寛にアナル犯されてイッちゃう！　あっ……アアーッ!!）

ビクン！

「ひぐっ……んぐっ……んっくぅぅ……ーっ……！」

枕に顔を埋めて、アナル絶頂の嬌声《きょうせい》を押し殺す。

（イグっ……アナル、イイ……っ……ああ、気持ちイイ……!!）

なかなか引かないアクメの余韻にその華奢《きゃしゃ》な身体を痙攣《けいれん》させながら、少女はもう一度同人誌を見つめる。

「貴寛ぉ……早く私を犯してよお……」

少女のその切ない呟きは枕に吸収されて、誰にも聞こえることはなかった。

短い髪の少女は、自らの前髪に着けられたヘアピンを左手で撫でまわしながら悩ましげに腰を浮かせていた。

高校入学のお祝いにと、少女が想いを寄せる少年からプレゼントされた大切な「宝物」だ。

（タカ……ぁ）

少年と一緒にお店をまわり、一目で気に入った犬のアクセサリー。まだ中学生だった少年が少女のためにと貯めたお小遣いで贈ってくれたのだ。

（タカ、好きだよお……っ）

ベッドの上であお向けになった少女の胸もとでは、捲《めく》りあげられたタンクトップの下から豊かな乳房がのぞき、先ほどまで指で転がしていた乳首が硬くしこっている。

両脚は大きく左右にひろげられ、引き締まったヒップはベッドから大きく浮いていた。

「んっ……ふっ……ああ……ぁ」

右手はスポーツショーツのなかで性急に蠢《うごめ》き、まだ誰にも許していない処女穴をいじっている。

（指じゃ、イヤぁ……早く、タカにエッチしてもらいたいよお……タカにぺろぺろしてもらいたい、唇も、おっぱいも、ココも、たくさんぺろぺろしてぇ……！）

いつか少年に捧げるために、狭い膣口には指先までしか挿入しない。

「んふっ……あ、あふ……んんん……！」

ヘアピンに愛おしげに触れつつ、秘蜜で潤んだ膣襞をいじる。だが、本当に刺激を

欲しているのはこの奥、純潔の証に守られたその先にあるのだ。

（ココだけじゃやだ、もっと奥がイイのにっ……ああ、でもダメ、こっから先はタカのためにとってあるんだからぁ……ああっ、でも、でもぉ！）

もどかしさにさらに腰が浮きあがり、切なげに宙に円を描く。

（早く抱いてよ、タカ……じゃないとわたし、おかしくなっちゃう……！）

膣口の浅い部分と同時に、肥大してきた肉豆を親指で押しつぶすように転がす。

「ンッ……んふっ……やっ、イク……あっ……イク……！」

ビクゥ！

「ンーッ!!」

つま先だけで下半身を浮きあがらせ、少女がオルガスムスを迎える。

少女の全身から立ち昇る汗と愛液の甘い匂いが、ゆっくりと部屋にひろがっていった。

Ⅰ 三角関係？～文芸部少女VS.バレー部エース

1 取り合い

長かった冬が去り、新しい出会いと希望に充ち満ちた春、早坂貴寛《はやさかたかひろ》はそんな華やかな季節には不似合いな暗い表情で入学式のこの日を迎えていた。

私立緑桜《りょくおう》高校。それが今日から三年間、貴寛が通うことになった学校の名だ。

（ああ、僕、ここでやっていけるかな。あの二人しか知り合いもいないのに。友達つくるの苦手なのに）

そんな不安を抱えながら、初めてのホームルームを終える。

（さあ、さっさと帰ろう。今日はなんだか疲れた。うーちゃんの顔が見たい……）

教室の窓からちらっと見ただけだが、グラウンドには新入生を確保しようとする各部活動の勧誘員たちが黒山を作っていた。運動系文化系問わず、一年生を狙って虎視《こし》眈々《たんたん》と待ち構えている。

（やだなぁ、あそこ通って帰るの。絶対に素通りできないだろうし）

貴寛は昔から、こういった勧誘の人間に捕まりやすかった。気が弱そうで、狙いやすく見えるのだろう。事実、貴寛はその見た目どおりの性格でもある。

（下手に立ちどまって話なんか聞いちゃったら、そのままずるずると入部させられそう……。一気に突っきっちゃおうかな。それとも、裏口から出たほうが安全かな）

などと作戦を練っていた貴寛だが、そんなことをしている暇にさっさと教室を出ておけばよかったとこの数秒後に後悔する。

「タカーっ、おーい、タカー!!」

「貴寛、いるんでしょ？　おとなしく出てきなさいな」

「っ!!」

振りかえるまでもなく、その声だけで誰か一発でわかる。

「あ、いたいた、タカ、こっちこっち！」

大きな声量の持ち主は別府《べっぷ》薫《かおる》だ。

「薫ちゃ……薫先輩」

ショートカットの活発そうな少女が、教室の入り口でぶんぶんと手を振っている。

仕草は子供っぽいが、背は高い。男子の平均よりも明らかに高い。

貴寛も伸びているが、薫のほうがまだ高い。いや、その差はまたひろがっているかもしれない。

「薫、うるさい。少しは遠慮なさい、ここは一年生の教室ってわかってるの？……貴寛、このがさつな女は無視していいわよ」

隣りの薫を冷たい目で一瞥《いちべつ》したのは西谷柚姫《にしたにゆずき》。

薫と並ぶと余計にその小柄なところが目立つが、そのやや幼さを残す整った顔立ちと相まって、まるで西洋人形のような愛くるしさをかもしだしていた。

髪も薫とは正反対で長く、腰のあたりまで達している。大きなリボンもよく似合っていた。

「柚ちゃん……じゃない、柚姫先輩」

二人とも貴寛より一つ年上の高校二年生で、小学生の頃からの知り合いだった。

「話があるから、ちょっと付き合って」

返事を聞くより先に薫が貴寛の腕を抱きしめるようにして引っ張ろうとする。制服の下に隠された魅惑の膨らみを腕に感じてしまい、貴寛が赤面する。

（うわ、わ、おっきい、柔らかい……っ）

「私も貴寛に用事があるのよ。薫、ここは遠慮してくれない？」

やんわりとした口調で、けれど貴寛の腕に絡まった薫の腕を力任せに引き剝がしながら、柚姫が告げる。

「わたしのほうが先にタカに声をかけたんだけど？」

細い手を簡単に振り払い、薫が柚姫を険しい目で睨む。身長差があるため、完全に上から見下ろす構図だ。

「そんなの関係ないわ。貴寛は私の後輩なんだから、先輩である私に所有権があるの」

「わたしだってタカの先輩よ！」

「お前はただの上級生。単に学年が上ってだけの存在」

「そう言うアンタはどう違うってのよ!?」

「私は先輩としてしっかり貴寛の面倒をみている。今、貴寛がここにいられるのは、私の家庭教師があってのこと。違うかしら、万年補習の薫さん？」

勝ち誇ったような笑みを浮かべ、柚姫が薫を見上げる。

「わ、わたしだって……ちゃんとタカの役に立ったもん！　受験勉強で疲れた体をマッサージしてあげたもん！」

「ただ邪魔してただけでしょ。貴寛にいろいろと教えてあげたのは私。お前のはまぎれもなく妨害。勘違いするな」

「そんなことないわよ、タカだって気持ちイイって言ってくれたんだから！　わたしがマッサージしたら、すごく喜んでくれたんだから！」

「貴寛は無駄に優しいから、お前のような粗暴なヤツにも気を遣ったんだ。それくらい察しなさい」

入学したばかりの新一年生の教室に突然現われた二人の上級生。しかもどちらも夕イプこそ違うものの、誰もが注目するような美少女。それが一人の男子生徒を間に挟んで言い争い。周囲の関心を集めないはずがない。

「おい、聞いたか、アイツ、あの先輩にイロイロ教えてもらってたらしいぞ？」

「つまりあれか、『お姉さんが教えてあげる』っていうあの都市伝説か!?」

「マッサージって、つまりアレのことだろ!?」

「『ふふ、ここが気持ちイイのね？　おませさん』って夢のシチュか!?」

「おとなしそうな顔して二人の先輩と三角関係……不潔」

（な、なに、なんなのこの展開!?　え、どうしてみんなそんな目で僕を見るの!?）

クラスの男子からは羨望と嫉妬の、女子からは好奇と軽蔑の視線が貴寛に注がれる。

（違うんだってば！　僕と先輩たちはそーゆー関係じゃないんだってばぁ！）

2　きっかけは……

薫と柚姫、この二人の少女との出会いは今から約五年前まで遡《さかのぼ》る。

貴寛の父の栄転に伴い、二人の通う小学校に転校してきたのがきっかけだった。

小学五年生の二学期というやや中途半端な時期にやって来た貴寛は、生来のおとなしさと引っこみ思案のせいで、なかなか新しいクラスに溶けこめていなかった。

「うぅ、僕の友達はお前だけだよ、うーちゃん」

「うきゅっ」

そんなある休日の夕方、愛するペットのうーちゃん（ウサギ・牡）を肩に乗せ、いつものように一人＆一匹で寂しく散歩をしていると、

「うわ、可愛いっ！　ね、抱っこさせて、抱っこ！」

「あ、うーちゃん⁉」

見知らぬ短髪の少女が突然貴寛からうーちゃんを奪い取り、

「やーっ、可愛い、可愛いよお！　うっそ、なにこれ、可愛いっ！　やだ、毛がふかふかぁ！　可愛いっ！」

いきなり両手で抱きしめ、頬ずりをはじめたのだ。

「ねー、この子、きみが飼ってるの？」

胸の名札を見て、この少女が自分より一つ上の六年生で、「別府薫」という名前なのだと貴寛は知った。

「は、はい。うーちゃんは僕の一番大切な友達です」

「うーちゃん？　ウサギさんだから？　安易ー」

　薫がけたけたと笑う。

「ね、きみ、同じ小学校でしょ？　ってことは家も近いんだよね？　またこの子……うーちゃんを抱っこしに行ってもいいかな？」

「は、はあ……」

　会ったばかりの、しかもかなり可愛い年上の女の子にいきなり「家に遊びに行っていい？」と聞かれたのだ、貴寛はもう軽いパニックである。

「いいでしょ、ね？　で、家、どこ？　ここらへんじゃ見ない顔だけど、きみ」

「最近、引っ越してきたばかりなんです、僕。お父さ……父の仕事の関係で」

「なるほど。どうりで見覚えがないと思った。……お父さんはなにをされてるの？」

「メイタンって会社の支店長になった、みたいです。仕事の内容はよくわからないけど」

「え、メイタン？　それホント？」

　薫がびっくりしたその理由は、翌日、本当に自宅に遊びに来た時に判明する。

「……まさか本当に来るとは思いませんでした」

「だって、うーちゃん抱っこしたかったんだもん」

　唖然とする貴寛以上に驚いたのは貴寛の母親だった。それも二重の意味で。

「貴寛が……あの貴寛に女の子が訪ねてきたなんてっ⁉　今まで男の子の友達ですら呼べなかったヘタレのクセに！」

実の息子を捕まえてえらい言い様ではある。

「え？　別府……？　もしかして、お父さんの名前は卓二《たくじ》さん？」

「はい。いつも父がお世話になっております」

「い、いいえ、こちらこそっ！」

「？……どうしたの、お母さん」

そしてこのとき、薫の父がメイタンの専務で、父の上司であることを貴寛は母から知らされる。と同時に、

「いい、お前、あの娘、いいえ、お嬢さんの機嫌を損ねるんじゃないわよ⁉　この家のローンとお父さんの出世のためにも！　ひいてはアンタの未来のためにも！」

母親からそんな厳命を下されてしまう。

「……知ってたの、僕の父のこと」

貴寛の部屋でうーちゃんをなでなでしていた薫に尋ねる。

「ん？　うん、たぶんそうかなって。ちょっと前に、早坂って名前のおじさんがウチに挨拶《あいさつ》に来てたから。……可愛いね、この子。ね、また遊びに来てもいいかな？」

「……はい、もちろん」

ドアの外から感じる母の圧力に逆らえるはずもなく、貴寛はそう答えるのだった。

貴寛の父が勤めるメイタン販売株式会社（通称メイタン）という会社は、海外からの輸入品を国内で販売する代理店だ。最初は食料品や酒類をメインにしていたが、近年ではそれ以外のものも手広く取り扱っている。特に力を入れているのがアウトドア用品で、貴寛の父もその部門に属していた。

同じくアウトドア用品の輸入販売を扱っている老舗《しにせ》が「西谷用品株式会社」、通称「ニシヨウ」で、同業他社であるメイタンとは明確なライバル関係にあった。

「キミ、バカになりたいの？」

薫と知り合った半月後、その「ニシヨウ」の創業者を祖父に持つ少女、西谷柚姫との出会いは、こんなセリフからはじまった。

「……えっと……どなただったでしょうか」

それはアメリカの巨大スポーツウェアメーカーが日本上陸を記念して催した関係者向けのパーティー会場でのことだった。

「わたしも行くんだ。タカも行こうよ、ね？」

薫に押しきられる形で連れてこられた貴寛だったが、こんなところで子供がすることは当然、一つしかない。

「ねー、これ美味しいよ！　ほらほら、タカも食べないと！」

薫はバイキング方式の料理を、片っ端から食べていく。

「薫ちゃん、ちょっと食べすぎじゃ……」

「タカが小食すぎるんだって！　あ、あっちのエビチリ、美味しそう！」

「あ、薫ちゃん!?」

この頃からぐんぐんと背が伸びはじめた薫は食欲も旺盛で、貴寛とはぐれたことに気づかず、別のテーブルへと行ってしまった。

「……ど、どうしよう」

周囲は大人だらけ。ただでさえ人見知りする貴寛が途方に暮れたそのとき、声をかけてくれたのが柚姫だったのだ。

当時、まだ成長期に入ってなかった貴寛よりもさらに小柄な少女は、けれど、漆黒のドレスをしっかりと着こなしていた。大きなリボンやフリルの多いゴスロリ風のドレスが怖いくらいによく似合っている。

「ウチの学校の子よね。見たことがあるわ。私は西谷柚姫、六年生。キミは？」

「あ、早坂貴寛、五年生です」

「先輩のよしみで忠告してあげる。あんな女と一緒にいないほうがキミのためよ」

ほっとした顔を見せる貴寛に、柚姫がそんなことを口にする。

「どういうこと、ですか？」

「そのままの意味。あんながさつな女の側にいたら感化されてバカになるってこと」

「は、はあ」

鈍い貴寛でも、この少女が薫を好意的に見てないことはさすがにわかった。

「それを言いたかっただけよ。それじゃあ……え？」

言いたいことだけ言ってそのまま立ち去ろうとする柚姫の腕を、貴寛は反射的につかんでいた。驚いた顔でこちらを見る柚姫以上に、貴寛のほうがびっくりしている。

（うわ、なにこの細い手首っ！　い、いや違う、なんで僕、いきなりこんなっ!?）

自分の行動にパニックに陥る貴寛を、柚姫が不思議そうな目で見ている。

「……なに？　私になにか用でもあるの？」

怒っているわけではなさそうだが、感情の読みづらい顔と口調で尋ねる。

「あ、あの、よければこのまま、僕と一緒にいてくれませんかっ」

「……え？」

「だ、だってその、僕、ここに一人で残されたら、どうしたらいいのか……」

後に「このまま置いてったら、そのまま泣きそうだったから」と柚姫が語るように、あまりに情けない顔の年下の少年を哀れに思ったのだろう、

「いいわ。どうせ私も暇だったし……後輩の面倒をみるのも、先輩の義務だしね」

「あ、ありがとうございますっ」

「その代わり、私を退屈させないでよね。楽しませろとは言わないから、なにか適当に話してちょうだい」

人見知りで口下手な人間にとって「適当に話せ」というのは極めてハードルが高い難問である。しかも「楽しませなくていい」というのが逆に「楽しませなくてはならない」という重圧となり、さらに十一歳の少年を追いつめる。

(なにか……なにか話題を!)

無難なのは共通の知人(?)である薫のことだろうが、それが柚姫にとって地雷であることもまた明白だ。それくらいの危機察知能力は貴寛にも備わっている。

(せめてここにうーちゃんがいてくれたら……!)

残念ながら、うーちゃんは自宅でお留守番である。当たり前だが。

(話題……話題……っ)

だらだらといやな汗を流しながらどうにか辿り着いた結論は、ある意味天気の次に無難な話題であった。

「そ、そのドレス、似合ってますねっ」

裏返った声で言う。

「……ありがとう」

　何度も同じことを言われつづけてきたのだろう（それくらいによく似合っていた）、柚姫は表情を緩めることなく、それどころかどこか失望したような顔で貴寛を見る。

　ところがその表情はこの後、一変する。

「すごく綺麗です……っ！」

　それは貴寛の偽らざる気持ちだった。一つ年上の、ちょっと取っつきにくそうな先輩のドレス姿に、貴寛はさっきからずっとどきどきしていたのだ。

「……っ!?」

　柚姫の硬かった表情が驚きに変わり、さらにうっすらと紅潮していく。唇がなにかを言いたそうにぱくぱくと動くが、言葉は発せられない。

　一瞬怒らせてしまったのかと気を揉むが、

「……あ、ありがとう」

　青くなる貴寛とは反対に頬を赤く染めた柚姫が、ちょっと照れたような声でもう一度礼を述べた。

　そしてこれをきっかけに、二人は少しずつ会話を交わしはじめることができた。

「あー、タカ、どこに行ったのかと捜してたのに……なんでそんなチビと楽しそうに話してんのよ、バカっ！」

　大量の料理を載せた皿を持った（貴寛のために集めてきたらしい）薫が戻ってくる

までの短い時間ではあったのだけれど。

「脳ではなく背にだけ栄養が行ってるようなデカ女に貶《けな》される謂《い》われはないわ」

「にゃ、にゃんだとぉ!?」

「図星を言われて怒ったの？　本当に単純な女ね」

パーティー会場の片隅で、二人の少女が睨み合う。その間で気弱そうな少年がおろおろとしている。

薫と柚姫の争いに貴寛が巻きこまれる。

現在に至るまでつづくこの三人の関係は、この日、こうして幕を開けたのだった。

3　生徒会お手伝い

（あああっ、やっぱり……高校に入ってもやっぱりこうなるのぉ!?）

目の前で互いを罵り合う旧知の先輩二人に、貴寛はがっくりと肩を落とす。

「え、なに、三角関係？」

「もう先輩二人を落としたのかよ、早っ！」

「あ。あの二人って、確か生徒会の人たちじゃなかったっけ」

「そういや、さっきの入学式で顔見たな」

周囲の冷たい目が内気な少年をぐさぐさと突き刺す。心が痛い。かなり痛い。

可能ならばここから逃げだしたい。さっさと家に帰って愛するうーちゃんとのんびり過ごしたい。だが、

「タカはわたしの言うこと聞いてくれるよな？」

「貴寛、わかってるわよね？」

教室の入り口には虎が、

「おっ、修羅場か、修羅場なのか!?」

「どっちを選ぶのかしら。わくわく」

「報道部希望の俺としては、これはしっかり取材しておかないとな！」

教室のなかには狼が哀れな生《い》け贄《にえ》のウサギを取り囲んでいる。とても逃げられる状況ではない。

「タカ」「貴寛」

二人の先輩は顔や声こそ穏やかだが、目が笑っていない。

（ど、どうする、どうすればいいの!?　教えて、うーちゃん！）

ペットに助けを求めるくらいに貴寛は追いつめられる。

「タカ、お父さんはお元気？」

薫が反則技を使ってきた。

(お父さんを持ちだすなんて……ずるいよ薫ちゃん!)

薫の父・卓二は一昨年メイタンの社長に就任した。同時に、貴寛の父も新社長に抜擢される形で役員になった。

「我が家のために、薫ちゃんの機嫌を損ねるんじゃないわよ!?」

母の言葉が脳裏に甦る。

「……貴寛、お兄さんはもう会社に慣れたかしら?」

今度は柚姫も同様の禁じ手を使う。

貴寛には年の離れた兄がいるが、昨年、西谷用品に就職したのだ。

(兄さんも、よりにもよってお父さんのライバル企業に入社しなくてもいいのにっ)

兄の仁《じん》は山登りが好きで、就職先もその関係に進みたいと言っていた。

「オヤジと一緒の会社はさすがになぁ」

そう言ってメイタン以外のスポーツ関連企業を中心に就職活動していたことと、そのうち何社からか内定をもらっていたことまでは貴寛も知っていた。

仁は父に遠慮して西谷用品以外の会社に入社するつもりだったそうだが、

「ん、まあ……いろいろあってな」

なぜか急に希望を変えたらしい。

当然、それを知った柚姫は「お兄さんの未来をつぶしたりはしないわよね?」と、それまで以上に貴寛に対しての影響力を強めることに成功する。

「貴寛、お前ももう高校生だ。そろそろ大人の世界のことも知る時期だ」

昨夜、早坂家で行なわれた貴寛の入学祝いの場で、兄の仁が口にしたセリフである。

「ぶっちゃけると、だ……柚姫ちゃんによろしくな」

「貴寛、我が家のために、ローンのために柚姫ちゃんにも逆らっちゃダメよ!?」

と言ったのは、もちろん母親だ。

父親はなにも言わなかったが、ちらちらと次男のことをもの言いたげに見ていた。

(僕の意志は!? ねえ、僕にどうしろっていうのさ、みんなして!?)

となると貴寛の味方はウサギのうーちゃんだけだが、彼は今、ここにいない。要するに、現在の貴寛は孤立無援なのだ。

「柚姫、そういうのって卑怯じゃない!? どーせアレでしょ、会長のお祖父ちゃんに無理言って、仁さんを自分のところに引っ張りこんだんでしょ!?」

「薫に言われる筋合いはない。私が知らないと思ってるのか、お前が父親に頼んで仁さんもメイタンに入社させようとしたことを」

「え、え、ええっ!? なにそれ、そんなの初耳なんですけどっ」

驚く貴寛を、二人の先輩は「なにを今さら」といった目で見る。

「そんなことはもうどーでもいーの! タカ、さっさとわたしとこっち来なさい!」

薫が再び貴寛の腕にしがみつく。

「お兄さんの出世をつぶしたくはないでしょ？　そこの脳みそ筋肉女は無視して、ちゃっちゃと私について来なさい」

薫に対抗するように、柚姫までが貴寛のもう一方の腕をぎゅっと抱きかかえる。

（あうっ！　胸が……二人の柔らかい胸の感触が……っ！）

薫の質量・弾力ともに豊かな盛りあがりと、柚姫のやや自己主張がおとなしめの、けれど充分に女性の柔らかさを持った膨らみを左右に感じる。

「タカ、そこのチビっ子なんか振り払えっ」

「貴寛、遠慮することはない、そんなバカ女、打ち捨てておけ」

貴寛を挟んで睨み合う両者。固唾を呑むギャラリー。そして、

（あああっ、助けて……うーちゃーん！）

心のなかでウサギに助けを求める情けない少年。

この後しばらく緑桜高校を異様なほどに盛りあげることになる三人の、一番最初の騒ぎは、こんなふうにして幕を開けたのだった。

今にも泣きだしそうな幼なじみの後輩に、さすがにまずいと判断したのだろう、まずは三人だけでゆっくり話をしようと薫と柚姫が（かなり渋々）提案した。

二人に連れられて（ギャラリーの一人は後に「まるでＭＩＢに連行される異星人のようだった」と報道部の取材に答えた）到着したのは「生徒会室……？」特別教室が多くある校舎の、一番奥の部屋だった。

「わたし、生徒会の書記なんだよっ。すごいでしょ！」

薫が自慢げに言えば、

「字は汚いし、漢字もろくに知らない使えない書記だけどね。その点私は生徒会の会計として、きっちり予算を管理しているわ」

柚姫がこきおろす。

「なによ、黒板の上に手が届かないからって僻《ひが》まないでよねっ」

「何度やっても予算の収支が合わないから経理をやめさせられた分際で、えらそうなことをほざかないで。これだから体育会系は……っ」

「あ、あれはたまたま電卓の調子が悪かっただけで……ち、違うんだよタカ、わたし、確かに数学は苦手だけど、そこまでバカじゃ」

「数学じゃないでしょ、算数でしょ、おバカさん。小学校からやり直したらどう？」

「小学生並みの身長の女に言われたくないわよっ」

生徒会室に剣呑な空気が巻き起こる。無論、その中心で被害に遭うのは貴寛だ。

「と、ところで先輩たちの用事ってなんですか？」

このままだと二人の争いは弱い熱帯低気圧から台風へと成長してしまう。その前になんとかしようと、貴寛、決死の覚悟で飛びこむ。

「え？　あ、うん……タカはさ、どーせ高校でも帰宅部でしょ？　だったら、ちょっとわたしの手伝いをしてもらおうと思って」

「薫先輩の手伝いって……バレー部の？」

薫は中学からバレーをやっていて、今年は部のエースアタッカーとして期待されているらしい（と、本人が言っていた）。

「ううん、生徒会のほう。あ、女子バレー部のマネージャーでも大歓迎だけど！」

「あんな汗臭い、大女だらけの部にみすみす凌辱されに行く必要はないわよ、貴寛」

「なっ……失礼なこと言うな、運動オンチめ！」

「私の用件も同じ。キミ、生徒会の……ううん、私の手伝いをなさい。これは先輩命令。異論反論は認めません。以上」

薫を無視して、柚姫が一枚の用紙を差しだす。

「これ、生徒会役員の手伝いをするという証明書。これにサインすれば、キミは生徒会役員に準ずる扱いになるわ。このペンで、少し強めに名前を書いて」

紙とペンを受け取り、まるで条件反射のようにサインをしようとして、「ん？」なにか違和感を覚えた貴寛が、その原因に気づく。

「あ、捲《めく》ったらダメっ！　エッチ！」

「文芸部の……入部届……っ？」

紙は二枚重ねで、裏に複写用のカーボン紙を貼りつけた別の書類があった。

「あぁっ、なにしてんのよ、この腹黒女！　黒いのは腹だけにしときなさいよね！」

カーボン紙と入部届を丸めてゴミ箱に突っこみながら薫が叫ぶ。

「ちっ。もう少しだったのに。……貴寛、そーゆーわけだから、これから文芸部の部室に行くわよ」

悪びれた様子もなく、柚姫は呆気にとられたまま立ちつくしていた貴寛の手を握り、生徒会室から出ていこうとする。

「こら、わたしの話は終わってないんだ！　それに、なにが『そーゆーわけ』、なのよ!?　文芸部なんて名ばかりで、実際は腐じょ……オオッ!?」

薫のセリフは、柚姫の見事なローキック（弁慶《べんけい》の泣き所にクリーンヒット）によって阻まれた。文芸部にしておくには惜しい一撃だった。

「うっさい。黙れ低能筋肉女」

「にゃ、にゃんだとお、この発育不良女っ」

三度《みたび》睨み合う美少女二人。貴寛はもう、口を挟むタイミングすら見失っている。

（こ、この二人、中学のときより絶対に仲が悪くなってるっ）

こんなところはパワーアップしてほしくないのに、という少年の儚《はかな》い願いをよそに、二人の生徒会役員は互いを口汚く罵り合う。

（あー、やめてっ。二人とも美人で可愛いのに、下品な言葉使うのはやめてーっ）

耐えきれなくなった貴寛、両耳を塞いで、その場にうずくまってしまう。

もちろん、逃避したからといって現実が都合よく変わるはずもなく、薫と柚姫の争いは日が暮れて、下校時刻になるまでつづけられた。

そして本人の与《あずか》り知らぬうちに、この日、貴寛は生徒会のお手伝い要員として正式採用されてしまうのだった。

4　選挙とウサギ

貴寛が緑桜に入学し、勝手に生徒会の準メンバーに登録されて約一カ月が過ぎた。

順風満帆《じゅんぷうまんぱん》な高校生活のスタートとはとても言えないが、貴寛が危惧《きぐ》していたほどひどい日々でもなかった。

（これでもう少しだけあの人たちが仲良くしてくれれば文句はないんだけどなぁ）

薫と柚姫によって精神的にダメージを負い、生徒会の仕事で肉体的に疲労する。そんな毎日だ。

緑桜高校は伝統的に自由な校風が特徴となっている。また、文化系・体育系それぞれの部活動も盛んだ。しかも生徒数も多く、校内でのトラブルも少なくない。

暴力事件などという深刻な問題はないが、小競り合い程度のことは日常茶飯事。特に、部活同士の争いが多い。文化系と体育系の仲も悪い。

「この学校のトラブルの大半が部活関係なの。ま、うさん臭い活動しかしてないクセに予算だけぶん捕ろうとする文化系の連中がネックなのよねー」

「大した成績を修められない運動部が、自らの弱さを予算のせいにして、理知的創造的活動にいそしむ文化部から金を毟《むし》り取ろうと画策するのが最大の問題だわ」

生徒会役員がこの調子なので、推して知るべし、である。

（せめてもう一人か二人、生徒会を手伝ってくれればなぁ）

部活を統括するはずの生徒会は深刻な人手・人材不足で、現在は生徒会長と書記の薫、会計の柚姫、準メンバーの貴寛の四人しかいない。

緑桜では選挙で会長だけを選出し、当選した会長が任意で役員を決める方式になっている。現会長の三年生は昨年、薫と柚姫の二名だけを任命したらしい。

その生徒会長の女生徒も、部活と受験勉強が忙しいという理由で、ほとんど生徒会に顔を出していなかった。

「あー、あの会長はいいの。いないものと思ったほうがいいわよ」

「無視だ、無視。タカはわたしを会長だと思ってろ」

会計と書記は、完全に会長を戦力とは見ていないようだった。

（まあ、僕の仕事ったって、ただ二人について歩くだけなんだけどね……）

生徒会の主な仕事は、定期的に各部を視察することだ。

薫と一緒のときは運動部を、柚姫と一緒のときは文化部をそれぞれ訪問して、部長に生徒会に対する要望や意見などを聞いてまわる。

もちろん、生徒会に対して文句を言ってくる輩《やから》もいるにはいたが、

「わたしたちに手を出したら問答無用でそこは廃部って決まってるから」

「だから貴寛は心配しないで。私と一緒にいる限り、キミの安全は保障されてるから」

貴寛が心配していたようなトラブルはなにもなく、無事に五月を迎えられた。

この学校では生徒会に大きな権力があるらしく、役員の手伝いをしているというだけで貴寛は他の生徒から一目置かれるようになった。特に、二年生・三年生からは「あの二人に挟まれてよくやってるな」という、賞賛なんだか同情なんだか微妙な感じの評価が生まれているらしい。

（でもこの学校、やっぱり変だよ。こんなにいがみ合わなくてもいいのに）

部活が盛んなのはいいことだと、帰宅部一筋十六年の貴寛でも思う。が、運動部・文化部の対立は根深く、部活同士だけでなく、一般の生徒にも影響が感じられる。ク

ラスでも運動系と文化系にグループが分かれる傾向が見られた。

「この学校の伝統みたいなもんなのよ。気にしない、気にしないっ」

「仲が悪いといっても、別に暴力沙汰になるほどじゃないから」

本来、仲介すべき生徒会内部で思いきり対立している二人は、あっけらかんとそう答えるのだった。


「そろそろ生徒会長選挙だけど、キミ、わかってるわよね？」

文化部の見まわり中、柚姫が突然そんなことを言いだした。

「柚姫先輩に投票しろと？」

「そんなのは当然。当たり前。私が会長になってからのこと」

落選するとは欠片《かけら》も思っていないらしい。

「私が会長になったら、キミを副会長に指名するから、覚悟しておきなさいね」

「……それって、これからも僕は柚姫先輩の手伝いをしろってことですか？」

「私と一緒は、もうイヤ……？」

「え？　そんなことないですよ！　生徒会の仕事が僕に向いてるとは全然思わないけど、柚姫先輩と一緒にいるのは楽しいですから！」

これは貴寛の偽らざる本心だった。もちろん、薫と一緒に仕事をするのも同じくらいに楽しい。間違ってもそんなことを柚姫の前では口にしないが。

「ふうん」

気がなさそうに柚姫が横を向く。

(あれ?)

長い髪から一瞬のぞいた耳が、ほんのり赤く見えたのは気のせいだったろうか。

「ところで、中間テスト、どうだったの?」

「う」

痛いところを突かれ、今度は貴寛が横を向く。

「……キミ、頑張ればできる子なんだよ?」

「つ、次、頑張ります」

「言いわけ、しないんだ?」

「……はい」

慣れない環境に加え、生徒会の手伝いが思っていたよりも大変だったのが主な理由だが、それを言いわけにはできなかった。

(だって、柚ちゃんは僕より仕事が多いのに、学年トップレベルだもん)

ちなみに、薫は赤点ラインぎりぎりだったらしい。バレー部との両立で大変なのだろうと貴寛は思っていた。

「別にいいのよ、受験のときみたいに勉強教えてあげても」

緑桜は本来、貴寛の学力だといくらか高望みのレベルの学校だ。中学の進路指導の教諭も最初は別の高校を勧めてきたのだが、ある日突然早坂家で家族会議が招集され、「貴寛。お前は緑桜高校を受験しなさい」と、突然母親から命じられることになる。

当初は公立を志望していた貴寛だったし、両親もそれで納得していたはずなのだが、「金のことなら心配するな。俺ももう社会人だ、弟の学費くらい余裕だ」

西谷用品に就職が決まった兄・仁もなぜか熱心に緑桜への受験をうながしてくる。

鈍感な貴寛でもさすがにこの裏には柚姫か薫、あるいはその両方が絡んでるとは勘づいたが、気弱なこの次男坊は、

「わかったよ。僕、頑張ってみる」

とうなずいてしまったのだった。

貴寛の学力は平均より少しいいくらいで、緑桜に合格するには少々厳しかった。そんなとき、「私の後輩になる気があるようだから、家庭教師をしてあげるわ」とやって来たのが柚姫だったのだ。

「本当にピンチになったら、そのときはまた家庭教師をお願いするかもしれません」

「いいわよ。でも、今度はちゃんとバイト代もらうから。そこのところ覚悟しなさいね？　お金じゃなくて、キミの体で払ってもらうから」

柚姫はそう言って、微笑むのだった。

貴寛は今、二つの問題に悩みまくっていた。

一つは来週に控えた今年度の生徒会選挙。会長に立候補した二人の女生徒に、校内は二つに分かれて盛りあがっていた。もちろん、薫と柚姫である。

薫は運動部から、柚姫は文化部から多くの支持を集めていたが、帰宅部を中心とする無党派層に限ると、男子は柚姫を、女子は薫を応援する声が多かった。

「わたし、昔から女の子にばっかり人気があるんだよねえ。あははは……はぁ」

ボーイッシュなところがある薫は複雑そうな表情を浮かべ、

「好きでもない男から『可愛い』と褒められても嬉しくないわ」

絵に描いたような美少女である柚姫は本気で迷惑そうな顔でため息をつく。

もっとも、薫のそんなさっぱりしたところや、柚姫のクールなところがさらにそれぞれの人気を高めているのだが、当人たちは気づいていないらしい。

報道部の事前のアンケートによると、現在のところ戦況は綺麗に五分。選挙当日まで結果は予想できない大激戦ということだ。

「柚姫なんかさっさと見切って、わたしの応援だけ手伝えばいいのにっ」

「それはこっちのセリフだ。毎回赤点取るようなバカが会長に立候補するんじゃない。

貴寛、キミはバカじゃないのだから、どっちの味方をすればいいかわかってるね？」

ただでさえ仲が悪い二人の選挙戦は普段以上に貴寛にストレスを与えつづけている。

これだけでも頭が痛いのに、

（うーちゃん……）

最愛のウサギ、うーちゃんの調子がここのところずっと悪いのだ。

子供の頃から一緒に育ってきたうーちゃんだが、今年でもう十歳になる。ウサギの寿命はよくわかっていないが、一説によると人間ならもうかなりの高齢らしい。

以前に比べて食も細くなったし、元気もなくなった。

覚悟はしていたが、それで納得できるものでもない。

板挟みとうーちゃんの衰弱。

選挙当日が近づくにつれ、貴寛から笑みが消えていった。

そして運命の投票日である金曜、自宅からの緊急メールが貴寛の携帯電話に届く。

「……っ！」

この日貴寛は投票することなく、学校を早退した。

翌土曜日も登校せず、欠席。薫と柚姫が何度も電話やメールをしても、貴寛からの返事が来ることはなかった……。

II 先制攻撃！～耳年増お嬢様のご奉仕&初体験

1 憔悴

翌週の月曜日、朝。

（今日は登校するかしら、貴寛）

今年の生徒会長選挙は当事者である柚姫も驚くほどの盛りあがりを見せ、そして珍しい結果になっていた。

だが、今はそのことよりも貴寛のことが気がかりだった。

（あ、来た！）

一年生の使う昇降口で待ち構えていると、登校してくる後輩の姿が見えた。しかし、

（た、貴寛……？）

三日ぶりに見る幼なじみの姿は、柚姫を愕然とさせた。

「あ、柚姫先輩。おはようございます……」

「どうしたの、いったい……！　ちょ、ちょっとこっちに来なさいっ」

自分よりも頭一つ背の高い貴寛の手を取り、ぐいぐいと生徒会室に引っ張っていく。

始業まではまだ余裕がある。この憔悴《しょうすい》しきった後輩から事情を聞きだすには充分だ。

（なに、なんなの、この子!?）

元々覇気のあるタイプではなかった。お世辞にも元気だとか溌剌《はつらつ》などという言葉とは無縁の性格だったが、それでも今までこんな姿は見たことがない。

「なにがあったの……？　心配してたのよ、連絡が取れなくなったから」

髪はぼさぼさ、目は真っ赤。目の下には隈が黒々と浮きあがり、肌はかさかさだ。明らかにやつれているし、なにより、生気が感じられない。

「寝不足？　目が真っ赤じゃないの。まるでキミの大事なうーちゃんみたいよ……って、た、貴寛!?」

軽口で少しでもリラックスさせようとした柚姫は、自分の失言にようやく気づいた。

『うーちゃん、最近元気ないんです……』

貴寛が以前寂しそうな顔でそう言っていたことを今頃思いだす。

（まさか……っ）

柚姫は知っている。この一つ年下の後輩がいかにあの可愛いウサギを溺愛しているか、人付き合いが苦手なこの少年を陰でずっと支えてきたのが誰であるかを。

「うーちゃんが……うーちゃんが……っ」

「貴寛……!!」

その真っ赤な瞳に大粒の涙が見えた瞬間、柚姫は反射的にこの後輩を抱きしめてい
た。精いっぱい背伸びをして顔を胸に引き寄せる。

「うっ……ううっ……うー……っ!」

泣くまいと必死に耐えているのが余計に柚姫を切なくさせた。

「貴寛……」

柚姫にできるのは、ばさばさに乱れた髪を優しく撫でることだけだった。

始業を告げるチャイムが鳴っても、柚姫は肩を震わせて嗚咽《おえつ》をこらえる貴寛の頭を
撫でつづけることをやめなかった。


「すみませんでした」と掠れた声で告げた貴寛と後ろ髪を引かれる思いで別れ、自分
の教室に戻った柚姫を級友たちが取り囲む。

「柚姫、惜しかったね!」

「俺、陸上部だけど同じクラスのよしみでお前に投票したんだけどなー」

「あら、あたしなんてバレー部なのに薫じゃなくて柚姫に一票投じたわよ?」

「みんな、ありがとう。ごめんね、期待に応えられなくて」

柚姫は深々と頭をさげる。

「でも、まだ負けたわけじゃないから」

先週金曜の昼休みに行なわれた生徒会長選挙は即日開票され、放課後にその結果が選管から発表されていた。

その結果は、見事なまでに同票の痛み分け。緑桜高校史上初の同点となったのだ。

「たぶん、近日中に再投票があるから、今度こそはっきりした差をつけて勝つわ」

クラスメイトたちにそう告げた柚姫だったが、昼休みに事態は急展開を見せる。

「おい、まだ投票してないヤツが一人だけいたらしいぞ！」

「なに!?　じゃあ、そいつが投票したほうが生徒会長か！」

「誰なの、その一人って!?」

柚姫の教室はもちろん、おそらくは薫の教室も、そして学校中が騒然となった。

当日は欠席者はおらず、選挙は完全な引き分けと思われていたのだが、その日、一人だけ投票せずに早退した生徒がいたと選管が発表したのだ。

（それってまさか……？）

そのまさかが現実であることは、放課後には全校生徒に知れ渡る。つまり、柚姫と薫、そのどちらが生徒会長になるかは、貴寛の投じる一票によって決まるのだ。

強引に生徒会の手伝いをさせて早二カ月、すでに貴寛は全校生徒から知られる存在となっている。

柚姫と薫の二人はいろいろな意味で注目される存在で、その二人といつも一緒にいる貴寛もまた、校内では目立つ存在だったのだ。

「あの二人と一緒にいられるだけですげぇ」

「二股？」

「それはそれですげぇ」

「まったく羨ましくないってところも別の意味ですげぇ」

要するに、それくらい柚姫と薫の反目は強烈な印象を周囲に与えていたとも言える。

そして最近では、

「結局あの一年生はどっちが本命なんだ？」

「そもそもあの二人は本気であの下級生を狙ってるのか？」

などといった、やや下世話な面に生徒たちの興味は移りつつあった。

そんなタイミングでの「貴寛の一票が会長を決める」という事態は、当事者以外にしてみればこれ以上ない娯楽であっただろう。事実、すでに校内はこの話題で異様なほどに盛りあがっている。

「会長と恋の行方は果たしてどちらに⁉」などというセンスのない見出しがついた校

内新聞の号外がすでに配布され、柚姫の元にも取材の申し込みが届いている。おそらくは薫も似たような状況だろう。

（あんな女はどうでもいいの。問題は貴寛よ）

自分や薫よりも注目されているであろう貴寛のことが気がかりだった。できることならばすぐに駆けつけて助けてあげたいが、今、貴寛の元へ行くことは騒ぎをより大きくするだけだろうし、そもそも、辿り着けても二人きりで話ができるとも思えない。

（薫が来たら余計にややこしくなるだけだし）

生徒会長のことはこの際二の次だった。柚姫にとっての最優先事項は貴寛だ。

今朝のあの様子を思えば、居ても立ってもいられない。事態は一刻を争う。事情を知らない連中から、あの優しすぎる、そしてだからこそ脆《もろ》い心を持つ少年を助けなくてはならない。そして今、それが可能なのはこの自分だけなのだから。

柚姫は携帯電話を取りだし、メールを打ちはじめる。

2　積極アプローチ

「作戦成功。幸運を祈る。追伸　報酬の同人誌は忘れずに明日持ってくるよーに」

貴寛脱出作戦に協力してくれた文芸部員からのメールを見て、柚姫はほっと安堵《あんど》のため息をついた。あとは指定したこの場所で貴寛が来るのを待てばいいだけだ。

自宅から歩いて数分の距離にあるこの公園は、以前にも何度か貴寛と待ち合わせをしたことがある。

(最後に貴寛と待ち合わせしたの、いつだったかしら)

同じ学校に通える二年間以外、つまり中学一年と小学六年、高校一年と中学三年に分かれた一年間は、どうしても会う機会が減ってしまう。家が近所同士の薫と比べると、柚姫はその点が不利だった。なにか理由がないと貴寛と会えないのだ。薫のように、偶然を装って待ち伏せをして途中まで一緒に登校するという反則技も使えない。

だから昨年、柚姫はいろいろと策を練った。

祖父に頼んで貴寛の兄・仁を強引に西谷用品に採用してもらい(元々内定は出ていた)、薫と同じように搦め手から攻めてみた。

こっそり仁と接触し協力を要請すると、

「あいよー。弟に緑桜高校を受験させるよう仕向ければいいのね?」

あっさりと了承を得られた。

「柚姫ちゃんも大変だね。あんな弟だけど、よろしく頼むよ」

鈍感な弟と違い、兄にはバレバレだったようだ。

薫も同じことを考えて実行したらしく、貴寛が緑桜を第一志望に変更したという連絡はすぐに届いた。それを聞いてすぐに柚姫は貴寛の母親に接触。

「私でよければ家庭教師をしますけど」

「あらあら、あの子ったらモテモテねえ」

こちらにもバレバレだったが、家庭教師として早坂家に潜りこむことに易々と成功。

誤算だったのは、

（……モテモテ？）

自分以外にも早坂家にコンタクトを取った抜け目ない輩《やから》がいたということだ。

「……どうしてお前がここにいるのよ」

「そ、そっちこそ」

家庭教師の初日、貴寛の部屋を訪れると、そこにはなぜか薫が来ていた。

「私は貴寛の家庭教師を頼まれたからよ。勉強の邪魔だから出ていって」

本当は押しかけ家庭教師だが、見栄を張ってしまう。

「わ、わたしは、タカが受験勉強で疲れてるだろうから、気分転換してやろうと」

薫の手には携帯ゲーム機があった。

「……ただ遊びに来ただけじゃないの」

このあとはいつものように一悶着あって全然勉強にならなかったので、翌日からは暗黙の了解で柚姫と薫とそれぞれ早坂家を訪れる時間をずらすようになった。

薫と二人きりのとき、どんな会話が交わされているのか気にならないわけはなかったが、柚姫は自分は自分と割りきって家庭教師に徹した。

もちろん勉強以外のこともよく話したし、柚姫なりにいろいろ貴寛との距離を縮めようとあれこれ（誘惑含む）試してはみたのだが、

（貴寛、意気地なしだ）

この一つ年下の後輩は、なかなか手を出してはくれなかった。

（私のこと、ちゃんと意識してくれてるとは思うんだけど）

焦れったかったが、今の関係から一歩先に踏みこむのは受験に成功してからでも遅くはない。そう思い直し、しっかりと家庭教師に徹した一年間だった。

（せっかくまた一緒の学校に通えるようになったのに。……薫さえいなければ）

公園で貴寛の到着を待ちながら、小学生の頃からのライバルの顔を憎々しげに思いだす。

（高校ではあのバカ面を見ないですむと思ってたのに……っ）

西谷家の長女として恥ずかしくない進学校で、なおかつ貴寛が頑張れば合格できて、しかも薫の成績では絶対に受からないという絶妙のバランスで高校を選んだというのに、ちゃっかりスポーツ推薦で入学していたのだから腹立たしい。

純粋に学力だけなら柚姫はもう少し上のランクの進学校も目指せたのだ。だが、

（貴寛がいないんじゃ意味がないし、別に会社を継ぐ気もないし。なんならあの子に継がせればいいんだし。お婿さんに来てもらって）

あっさりと緑桜を選択。貴寛も後輩として入学してきたし、今のところは計画どおりだった……薫もいること以外は。

（今度こそただの先輩後輩の関係を卒業するつもりだったのに）

もう一度想像のなかの薫を睨みつけていると、公園の入り口に見知った顔がやって来た。

「貴寛」

「あ、柚姫先輩」

朝よりさらに憔悴《しょうすい》した様子の貴寛が、それでもわずかながら笑みを浮かべてこちらに駆け寄ってくる。たったそれだけのことなのに、柚姫は胸がきゅんと疼いてしまう。

「すみません、遅れました」

「いいのよ、急に呼びだした私が悪いんだから。……ウチの部の連中、ちゃんとやってくれた？」

所属する文芸部の部員たちに、貴寛を校外に脱出させてくれと頼んでおいたのだ。それなりの報酬（レアものガチＢＬ同人誌）を要求されたが、背に腹は代えられない。

「ええ……そりゃもうすごかったです」

なんでも、報道部の連中や野次馬に囲まれて質問攻めされて身動きが取れなくなったところへ、数人の文芸部員が「うっきいいぃーッ！」などと奇声を発しながらすさまじい勢いで突入、呆気にとられる周囲（貴寛含む）の隙を衝いて貴寛を拉致《らち》、そしてそのまま校外へ逃亡させてくれたらしい。

「見事なまでの手際でした。ちょっと乱暴だったですけど。あはは」

貴寛が笑う。いや、笑おうとしたようだが、硬直したように頬がうまく動いてくれない。まるで泣き笑いのように柚姫には見えた。

「でもよかったわ、無事……ではないようだけど」

瞳からは生気が失せ、目の下の隈は朝とは比べものにならないほど濃くなっている。肌もかさかさで、こんな貴寛を見ているだけで柚姫は泣きそうになってしまう。

「助けてくれてありがとうございます。おかげで脱出できました」

深々と腰を折って礼を言われるが、

（キミが謝る必要はないの。全部私と薫が……ううん、私が悪いんだから）

罪悪感と申しわけなさで柚姫の胸はちくちくと痛む。

（このまま貴寛を帰しちゃダメ）

踵《きびす》をかえして帰ろうとする貴寛の手をつかみ、その赤い目を見上げながら命じる。

「ここまで来たんだから、たまには私の家に来なさい。お茶菓子くらいあるわよ」

「先輩の家、ですか……」

なぜか微妙な表情を浮かべる。

「イヤなの？　昔はよく来てたのに」

二年くらい前までは頻繁に呼びつけていたのだ。柚姫の勘違いでなければ、誘われた貴寛も嬉しそうにしていたはずだ。

（そういえば、どうしてこの子、ウチに来なくなったのかしら？）

「いいんですか？　僕がその……先輩の家に行っても」

「？　もちろんよ。今さらなにを遠慮してるの。私の両親やお祖父ちゃんとだって会ってるし、一緒にご飯食べたことだって何度もあるじゃない」

「そういうことじゃなくって……」

もごもごと言い淀む。

「もう、なにごちゃごちゃ言ってるの。ほら、さっさと行くわよっ」

貴寛の手を握り、「先輩の誘いを断ろうなんて百年早いのよ、後輩のクセにっ」と言いながら、自宅に向けて歩きだす。

（だいたいね、捨てられた子犬みたいなキミを放っておけるわけないじゃないの！）

貴寛の手は、びっくりするくらいに冷えていた。

(柚ちゃん、覚えてないのかな、あのこと)

握ってくれた手の温かさに強張《こわば》った心が少しだけほぐれるのを感じながら、貴寛は自分の前を歩く少女を見つめる。

小柄で、一見かなり年下のような柚姫だが、今は先輩としての、年長者としての頼もしい雰囲気を漂わせている。疲弊しきった今の貴寛には、この庇護されているような感覚がとても嬉しく、安心できた。

「キミが最後に来たの、いつだっけ?」

一昨年まではよく通った道を歩いていると、そんなことを聞かれた。

「……一昨年の夏休みです」

(やっぱり覚えてないんだ)

ほっとしたようながっかりしたような、そんな気分になる。

その後、柚姫はなにも言わず、二人は黙ったまま西谷家に到着する。

豪邸というほどではないが、やはり立派な邸宅だ。

「あれ? お母さん、買い物?」

家には誰もいないらしい。

「今、お茶用意するから、先に私の部屋に行ってて」

「……はい」

言われるまま、二階にある柚姫の私室に向かう。
（やっぱり僕、先輩に男として見られてないんだな……）
確かに幼なじみのような存在ではあるが、一応は年頃の男に対して「部屋に行って
て」と気軽に言われてしまうのは複雑な心境だった。
（普通はもうちょっとこう……恥ずかしがるとかするような気がするんだけど）
それだけ信頼されているんだと前向きに考えられないのが貴寛の貴寛たる所以《ゆえん》であ
る。常にネガティヴ。いつも消極的。倒れるときも後ろ向き。
「失礼しまーす……」
約二年ぶりの柚姫の部屋は、以前とほとんど変わっていなかった。
十畳ほどのスペースにはたくさんの棚がびっちりと部屋を取り囲むように配置され、
そのなかにはぎっしりと書籍やＤＶＤ、ＣＤ、ゲームなどがつめこまれている。
「あ、増えてる」
以前に来たときはまだまだ少数だった同人誌が、今は一つの大きな棚を完全に占有
していた。
（勝手に見たりしたら、また怒られちゃうよね。柚ちゃん、大事にしてるようだし）
柚姫がどんなものを読んでるのか興味があったが、トラウマがあるので伸ばしかけ
た手をあわてて引っこめたところへ、トレイを持った柚姫がやって来た。

「うあっ!? あ、ち、違います、僕、見てませんから、なにも読んでませんからっ!」

「え? どうしたのよ、そんなにあわてて。読みたいなら勝手に読んでていいのよ?」

貴寛の動揺に小首を傾げる。そんな仕草が妙に可愛くて、貴寛は胸がどきりとする。

(で、でも、あのときは……)

言いかけた言葉を呑みこむ。わざわざいやな過去を蒸しかえす必要はないのだから。

「これ、お中元でもらったカモミールティー。お菓子は、お父さんが出張先で買ってきたクッキー。少し食べたけど、美味しかったわよ」

貴寛に気を遣ってくれているのだろう、柚姫はそれから、当たり障《さわ》りのない話をいろいろしてくれた。そういうさりげない気配りができるのが柚姫のいいところだ。

(先輩にとっては、僕は弟みたいな存在なのかな、やっぱり)

嬉しいけれど、一人の男としては見られていないのだと思うと寂しい。

「……ね、聞きたいことがあるんだけど、いいかな」

柚姫が改まった口調で切りだした。

(うーちゃんのこと、かな。それとも生徒会長選挙のこと?)

いずれ聞かれると思っていたので、驚きはしない。けれど、柚姫の口から出た質問は、予想とは全然違うものだった。

「キミ、一昨年くらいから急に私を避けるようになったよね」

その質問は、ある意味、一番聞かれたくないものだった。

「避けてなんて」

「嘘。キミ、絶対に私から逃げてた」

柚姫が座ったまま、ずいっ、とこちらにつめ寄ってくる。まっすぐに向けられた瞳に、思わず目を逸らしてしまう。貴寛は人の視線を受けとめるのが苦手なのだ。

「受験のことがなければ、あのまま私を避けつづけるつもりだったでしょ」

「そんなこと……」

「嘘じゃないなら、なぜ目を逸らすの？　やましいことがないなら、ちゃんと私の目を見ながら言いなさい」

「…………」

「貴寛」

「…………だって」

「だって？」

「だって柚姫先輩が……柚姫先輩が、僕に『もう来るな』って……」

「え？　いつ？　私がそんなこと言うわけ……あっ」

ようやく思い当たったのだろう、柚姫の目が大きく見開かれた。

「だから僕はここを……柚姫先輩を避けるようになったのに……」

柚姫にはたった一つだけ思い当たる出来事があった。

一昨年の夏休み後半、従姉妹に誘われて向かったとある同人誌即売会。

地方で会社員をしているその従姉妹はこのイベントに合わせて上京してきたのだが、

「買うわよ、買いまくるわよ、腰が抜けるほど買い漁るわよッ」

こちらに比べて恵まれていない環境の鬱憤《うっぷん》を晴らすかのように会場では同人誌をゲットしまくった。柚姫もこっち方面の趣味を持っているので付き合うのはやぶさかでなかったのだが。むしろ一緒にいろいろ買っていたのだが。

問題のその日は、昼には帰宅するという従姉妹の荷造り（大半が同人誌）の手伝いをしていた。

「これとこれは宅配で送って、こっちは持ち帰りっと……」

「全部送れば楽なのに」

「バカっ！　柚ちゃんのバカ！」

いきなり怒られた。

「帰りの新幹線のなかで読みたくなったときに困るじゃないの！　家に着いたら、疲れを癒すために読みたくなるじゃないの！　そのために何冊か珠玉の本をセレクトするのは当然でしょ!?」

「……そういうものなの？」

半ば感心、半ば呆れつつ、手伝いをつづける。

「……それにしても姉さん、趣味、悪い」

床に散乱した同人誌をぱらぱらと捲《めく》りながら、ぼそりと呟く。

「あによー。あたしに言わせれば、柚ちゃんの趣味のほうがひどいわよ」

「私はここまで腐ってない」

「みんな最初はそう言うのよ。自分は違う、自分はまだ普通だって」

「……そういうレベルじゃないと思うけど」

柚姫は別に、自分の趣味を隠してはいない。家族や親しい友人は知っているし、恥ずかしいとも思わない。もちろん言いひろめるような類でないことは自覚しているから、自分から話すこともなかったが。

「あれ？　姉さん、今までこっちの趣味はなかったんじゃないの？」

宅配で送る本をまとめて段ボールにつめていた柚姫が従姉妹に尋ねる。

「ん？　あ、それ？　うん、たまにはこういうのもいいかなって。半分衝動買い」

この従姉妹の属性は「ヒゲ・リーマン・手袋・ハードコア」であって、今までは「優男《やさおとこ》の弱気受け」なんて作品にはほとんど手を出さなかったはずだ。

「えへへ、結構いいでしょ。何冊かいいのがあったから、まとめて買ってみたんだ。

特にそれ、あの子に似てない？」

「あの子？……あっ！」

柚姫が手にしていた同人誌には、気弱そうな少年が眼鏡をかけた美青年に背後から抱きしめられ、うなじに舌を這わされている表紙が描かれていた。

（こ、これ……貴寛に似てる……！）

「でへへぇ、いいべ、これいいべ？　むふふ、これ見た瞬間にびびっと来たもんね」

この従姉妹は、柚姫を訪ねてきた貴寛と二度ほど会っている。

（や、やだ、そっくり……きゃっ！　貴寛が、私の貴寛が眼鏡に襲われてるぅ）

思わず開いてしまった同人誌のなかで、貴寛（そっくり）の少年があーんなことやこーんなことをされている。

「お、お姉ちゃん、その、これ……」

貸して、という言葉の前に、従姉妹がニヤニヤ笑いながら言う。

「そうくると思って……ほら！　実は、柚姫のぶんも買ってあるのだ！　これは可愛い妹分へのプレゼント！　存分に『使う』がいい！」

「バ、バカ……お姉ちゃんのスケベ！」

そう言いつつも、差しだされたその同人誌をしっかり受け取る柚姫なのだった。

（ふう、ようやく静かになった）

新幹線の時間に遅れる、などと大騒ぎしながら従姉妹が家を出たのが正午頃。

（あ。そういえば貴寛、遊びに来るって言ってたっけ）

約束の時間にはまだ余裕があったから、従姉妹に教えてもらった手作りのお菓子でも用意しようとキッチンにこもったのが失敗だった。

「できたっ」

従姉妹ほど見た目は綺麗でないが、味は悪くない焼き菓子ができた。けれど、慣れないせいか予想より時間を食ってしまった。

（いけない、貴寛、もう来ちゃう）

あわててエプロンを脱ぎ、紅茶と一緒に焼きたての菓子を持って自室へと向かう。

（あの子のことだから失敗作でも美味しいって言ってくれるだろうけど）

でも、食べた瞬間の喜ぶ顔が見たい。やっぱり「美味しい」と褒めてもらいたい。

そんなふうに浮かれていた柚姫は、だから、自分のミスに気づいていなかった。

ドアを開けると、すでに貴寛はちょこんと座って柚姫を待っていた。いつものことなのでそれは全然問題ない。問題なのは、その膝に載っている本だった。

「やっぱりもう来てたのね。ごめんね、ちょっとお菓子、を……っ!?」

「あ、勝手にお邪魔してます。……柚ちゃん？」

そして柚姫は、このなんの罪もない（部屋の本は勝手に読んでいいといつも言ってあった）後輩を心ない言葉で傷つけてしまう……。

「わ、私……そんなにひどいこと、言ったの……？」

貴寛がまた目を逸らす。それだけで充分だった。

「言って。教えて。私が悪いんだから」

「…………」

「貴寛」

「……もう来ないで、とか、勝手に人のもの読まないで、とか、誤解するんじゃないわよ、とか……」

言いづらそうな貴寛の答えを聞いて、柚姫はようやく自分の罪を思いだす。

（そ、そうだったわ。私、あれを見られて……あれで貴寛に対して邪《よこしま》な気持ちを抱いてるのを知られちゃった気がして逆上して……ああ、私、なんてことを……っ）

しでかした過ちを二年経ってようやく知った柚姫は、己の愚かさに愕然とした。

「だから……なの？　そのせいでキミは、それから私を避けるようになったの……？」

「避けるというか……その、これ以上先輩に嫌われたくなかったから、極力目につかないところにいようと」

「嫌ってなんかないわ！　私、キミのことを嫌ったことなんて……！」

しかし、今さらそんなことを告げてももう遅い。

「だから、先輩から家庭教師の話をもらったときは嘘かと思いました。まだ嫌われてないんだって……すごく……嬉しかったです」

照れくさそうにそう告げる貴寛に、柚姫もつられて胸が高鳴りはじめる。

（それって……期待してもいいってこと、だよね？）

今が千載一遇《せんざいいちぐう》の好機であることは疑いようがない。柚姫は覚悟を決め、さらに貴寛に近づく。互いの吐息《といき》を感じられるほどの至近距離だ。

「もう遅いけど……ごめんね。あのときの私、キミに軽蔑されたと思って、びっくりしちゃったの。だって……あんなの読んでるなんて知られたくなかったから」

「い、いえ、そんなことありません。だって僕、とっくに知ってましたから」

自分によく似たキャラが男に犯されている作品を読んで平気なわけがない。

（し、知ってた⁉　私が貴寛のことを好きだってこと、知られてたの⁉）

柚姫の全身がびくりと震える。

「い、いつから……いつから知ってた、の？」

「いつからって……だいぶ前からですよ」

（そんな！　だいぶ前って……まさか小学生の頃から⁉）

柚姫の背中を汗がツ……と流れ落ちていく。

「だって先輩、全然隠してなかったじゃないですか」

（えぇ!?　私の気持ち、そこまで筒抜けだったの!?　この鈍感な貴寛にもわかっちゃうくらいに!?）

柚姫、ショックで目の前が真っ暗になる。

「僕が部屋に来ても本棚隠そうとしないし、それどころか『これ読みなさい、面白いから』って勧めたりもしてきたじゃないですか、ＢＬ本」

「……は？」

なんだか話が噛み合っていない。

（もしかしてこの子、気づいてないの？　あの同人誌のキャラが自分そっくりだったってことに）

それならば辻褄《つじつま》が合う。貴寛は、あれを普通（？）の同人誌だと思っているようだ。

（なんだ。私の早とちりだったんだ……）

ほっとしたような、ちょっと残念なような。

（でもそれよりも、今はこのチャンスを活かすことを考えなくっちゃ）

今日はあの邪魔な薫もいない。完全に二人きりだ。

不謹慎だが、今の貴寛は心身ともに弱りきっている。つけこむなら今しかない。

（そう、恋は戦いなの。綺麗事じゃないの……！）

柚姫は改めて決意する。

（今からキミを奪ってあげる……！）

3　ファーストキス

（柚ちゃん、どうしたんだろ？）さっきから様子がおかしい。（それとも、僕のほうがおかしいのかな？）

最愛のうーちゃんと別れ、そんなところへの生徒会選挙騒動。この数日、ろくに寝ていない貴寛は、今、自分が正常な判断力を失っている自覚は持っていた。

「貴寛」

柚姫がまた近づく。今度は、文字どおり目と鼻の先に、整った美しい顔が接近する。ほんの少し顎を前に突きだすだけで、あの小さくて柔らかい唇を奪える距離だ。

（キス、できる。今、ちょっと顔を動かすだけで、柚ちゃんとキスできる……）

初めて会ったときからずっと心惹《ひ》かれていた少女との接近に、危なく誘惑に負けそうになる。

「きょ、今日の先輩、やっぱりどっか変ですよっ」

あわてて顔を引き、柚姫との距離をとる。

あと数秒、柚姫の甘い吐息《といき》の匂いを吸っていたら危なかった。疲労と睡眠不足でこれ以上なく弱体化した今の理性は、一瞬にして瓦解していたことだろう。

「変じゃないわ。私はいつもと一緒。変なのはキミのほうだよ、貴寛」

座ったまま後ずさりする貴寛を、柚姫が四つん這いのまま追ってくる。再び二人の距離が急接近。ニアミス。衝突寸前。

「僕が変なのは認めますけどっ」

「仕方ないよ。キミがうーちゃんを大切にしてたの、私もよく知ってるから」

今でこそいくらか社交的になった貴寛だが、柚姫や薫と出会った頃は本当に人見知りがひどかったのだ。二人の先輩の過剰なまでのスキンシップで徐々に周囲と接点を持つことに慣れてきたが、最も深い部分で貴寛の拠り所となっていたのは間違いなくうーちゃんだった。

「私ね、キミの悲しみや寂しさ、よくわかるよ。同じ経験したことあるから」

「え?」

柚姫がペットを飼っていたというのは初耳だった。

「すっごく可愛がってた子がいたの。その子、臆病で人見知りで警戒心が強くて、そのくせ寂しがり屋で甘えん坊さん」

なにかを思いだすかのように柚姫の視線がなにもない空間を見つめる。

「でもね、その子とは離ればなれになっちゃったの。悲しくてつらくて切なくて……私、何日も泣いたわ」

「先輩……」

「だから、今のキミの気持ちは痛いほどわかるわ。助けてあげる方法も知ってるの」

ほんのりと上気した顔が近づくにつれ、その瞳が潤んでいることに気づく。

(柚、ちゃん……っ……?)

綺麗だと思ったその瞬間、

「…………！」

貴寛は信じられないほど柔らかい感触を唇で知った。

「キミの寂しさをすべては埋められないけれど、少しでも和らげることはできるわ。……私が、うーちゃんの代わりに、キミのペットになってあげる」

つい数秒前まで自分に触れていた桜色の唇を見つめながら、貴寛は柚姫の言葉でもう一度驚かされるのだった。

(どう？　これで私の気持ち、伝わったでしょ？　いくらキミが超のつくほどの鈍感でも、ここまですればわかってくれるよね？)

いっこうに収まる気配のない心臓の鼓動を感じつつ、そっと上目遣いに後輩を見る。

けれど、貴寛の反応は期待とは少々違うものだった。

(あ、あれ？「僕も先輩のことが好きでした」ってパターンじゃないの？ そのまま私を押し倒してエッチに入るのが普通なのにっ)

柚姫にとっての「普通」がいわゆる「普通」かはさておき、貴寛はまた視線を逸らして、つらそうな口調で予想外のセリフをかえしてくる。

「からかわないでください……」

「からかってなんかないわよ」

「嘘です」

「嘘じゃないわ。どうしてそんなふうに思うのよ？」

「だって……先輩がどうして僕なんかの……その、ペットだなんて」

「私、本気なんだけど。本気と書いてマジって読むくらい本気なんだけど」

「……僕を慰めてくれようとしてるのはわかるけど、でも」

(…………とことんネガティヴな性格なのね)

貴寛らしいといえばらしいが、女のほうからキスまでして、しかもペットになってやるとまで言ってやった柚姫にしてみれば少々面白くない。

「確かに、キミを慰める意味がないとは言わない。が、それは今が絶好のチャンスだと思ったからよ」

「チャンス？　なんの？」

「弱ってる今のキミなら簡単に落とせると思ったから。……ああ、先まわりして言っておくけど、生徒会長選は関係ないわよ？　ここでキミが信じてくれるなら、立候補を辞退してもかまわない。そんなつもりであんなことしないから」

「あんなこと……あっ」

さっきの口づけを思いだしたのだろう、貴寛は今頃真っ赤になる。

「あれ、私も初めてだったからね」

「うっ」

「さらにつけ加えるなら、ペットになってあげるってのも本気。肉奴隷でも牝犬でもいいわよ。キミになら好きにされてもかまわないから。……試してみる？」

柚姫は制服のリボンをするりとはずし、上着を脱ごうとする。

（ここまですれば信用するでしょ、この子も）

求められればいつでも応える気でいたので、覚悟はできている。貴寛に初めてを奪われるのならかまわない。否、貴寛に奪ってもらいたい。

「や、やめてくださいっ！」

しかし、この後輩は柚姫の想像以上に臆病で意気地がなくて、そしてあまりにも卑屈だった。

「……私みたいな女は抱きたくないの？　薫みたいに胸が大きくないとイヤ？」

「そ、そうじゃありませんっ」

「じゃあ、抱けばいい。安心なさい、私も初めてだけど、知識は豊富だから」

スカートのホックをはずそうとしたところで貴寛が立ちあがった。

（あ、ようやくその気になってくれた？）

緊張と期待に身構えるが、いっこうに貴寛がのしかかってくる気配がない。

「………？」

見ると、部屋を出ていこうとする貴寛の姿があった。

「な、なんで逃げるのよ、バカ！　意気地なし！」

手近にあったクッションをその背中に向けて投げつける。

「……これ以上惨めな気分になりたくないんです。先輩にそこまでさせる自分のことも、もっと嫌いになりそうなのが怖いんです」

「まだそんなこと……っ！」

さすがに神経に障《さわ》った。なにが腹立たしいかというと、自分の気持ちを信じてくれないことに、だ。

（私、いつもキミのことを想ってたのに！）

負けられない。これは、どうしようもなく後ろ向きな後輩との戦いなのだ。先輩として絶対に勝たなくてはならない根比べなのだ。

「いいからそこで待ってなさい！　私がいいというまで、絶対に逃げたらダメよ！　逃げたらキミだけじゃなくて、キミのお兄さんにまでいっぱい意地悪するからねっ」

貴寛を一度部屋の外に追いだし、逃げ帰らないようしっかりと釘をさしておく。

それから素早くドアを閉め、クローゼットの奥から一着のドレスを取りだす。

（これ見たら、思いだしてくれるかな、あの子）

それは柚姫にとって大切な服だった。孫娘に甘い祖父に頼んで作ってもらった、この世でたった一着の思い出のドレス。

（もしも思いださなかったら……そのときは、思いだすまでここに監禁しよう。そのまま調教してやるのもいいわね、うん。あの子、首輪とか似合いそうだし）

さらりと物騒なことを考えながら手早く着替え、ドアの外に待機させておいた腑抜けの後輩を呼び戻す。

「失礼します……」

うつ向いたまま入室した貴寛は後ろ手にドアを閉めると同時に顔をあげる。そして、

「柚姫先輩、それは……！」

「覚えてる？」

「それって確か……僕と先輩が初めて出会ったときの……」

「そうよ。もちろん、あの頃から私もかなり成長したから、デザインが一緒ってだけのドレスだけど」

かなり、というところを強調する。実際はほとんどサイズは変わっていないのだが。

（なによ、ちゃんと覚えててくれたんだ）

あの思い出を大切にしているのは、自分だけでなかったことがたまらなく嬉しい。

「私がどうしてわざわざ同じデザインのドレスを作ってもらったか、わかる？」

「……え？」

「わからない？　私、いつまでもキミと初めて会ったあの日のことを忘れたくなかったからよ」

ここまで言われて理解できないほど、目の前の後輩はバカではなかったようだ。

「で、でも……そんな。柚姫先輩みたいな綺麗な人が、どうして僕なんかを」

貴寛は戸惑っていた。

信じられない気持ちと、信じたいという気持ちがせめぎ合っているのがわかる。

「同じこと、言ってくれたよね。あの日も」

「同じ、こと？」

「そう。初めて会ったあの日、みんなは私を『可愛い』って褒めてくれた。でも、『綺麗』って言ってくれたのは、あとにも先にもキミだけだったんだよ？」

それは今も変わらない。

老若男女問わず、柚姫は「可愛い」と賞賛されることは多いが、「綺麗」とは言われない。言われたとしても、それはお世辞であることがほとんどだ。

「可愛いって褒められて嬉しくないわけじゃないの。でも、私はこの幼い外見がずっと嫌いだった。綺麗な、大人の女性になりたかった」

立ちつくす貴寛の手を握る。貴寛はもう柚姫を振り払おうとはしない。

「私は綺麗になりたい。キミに美しい女性と思われたいの」

「柚姫先輩……」

貴寛も柚姫の手を握りかえしてくれた。

「今も言ってくれたね、私のこと、綺麗だって。すごく嬉しかった」

「だって、本当に綺麗だったか……んぅっ!?」

精いっぱい背伸びをしての、セカンドキス。嬉しすぎる言葉へのお礼だった。

「んっ……んちゅ……ちゅ……くちゅ……ちゅ……ぷちゅ……っ」

不意を衝かれて無防備な後輩の唇を割って、舌を挿入する。

（ん……これが大人のキス……ぬるぬるのベロ、気持ちイイ……っ）

想像のなかでは何度も何度も繰りかえしてきた貴寛とのディープキス。予習のおかげか、懸念していたよりははるかにスムーズに舌を動かせた。

(ん、もう……キミも舌を動かしなさいよっ)

そんな柚姫の催促が届いたのか、遅ればせながら貴寛も舌を動かしてくる。だが、その動きは明らかにぎこちなく、遠慮がちだ。

(もっといっぱい動かしていいのに……こんなときまで引っこみ思案なんてっ)

臆病な後輩をからかうように積極的に舌を口内で動かし、唾液も送りこんでやる。

(ね、飲んでくれるでしょ? 私の唾、キミなら飲んでくれるよね?)

今度はちゃんと期待に応えてくれた。

(じゃあ次はね……あっ⁉)

「あ、先輩っ⁉」

ずっと背伸びをしたままキスをしていたせいで、ふくらはぎが攣《つ》りそうになった。バランスを崩して倒れそうになる柚姫を、貴寛がしっかりと抱きとめてくれた。

「あ……っ」

頬に貴寛の胸板を感じる。思っていたよりも硬い。

(ちゃんと男の子なんだ……)

目を閉じ、両手を胴にまわしてぎゅっと身体を寄せる。

「ここまでしても、まだ疑う？」

返事の代わりに、貴寛はさっきよりも強く柚姫を抱きしめてくれた。

4　ドレスで騎乗位

まわりのみんなは柚姫を「可愛い」と言う。

貴寛も、確かにそれは否定しない。

高校生としてはかなり小柄な背丈、華奢《きゃしゃ》な身体つき、大きな瞳、ふわふわの長い髪。

でも、初めて会ったときから貴寛の柚姫に対する評価は変わらない。

「柚姫先輩は、綺麗です。こんなに綺麗な人を、僕は他に知りません」

あの日、パーティー会場でドレスに身を包んだ少女を見たときから今日この瞬間まで、貴寛の柚姫への憧憬にも似た気持ちに変化はない。

「ずっと、先輩のことが好きでした」

ドレス姿の柚姫を抱きしめたまま告白する。何年も大切に育ててきた想いだ。

「キミが私を女として意識してくれてたことは、知ってた」

貴寛の胸から少し顔を出して、柚姫が嬉しそうに答える。

「だから、キミから動いてくれることをずーっと待ってたのに。わざと隙も作っておいたのに。いつもシャワー浴びて、むだ毛処理して、勝負下着だったのに」

「そ、そうなんですか？」

「もう……ホントに鈍感なんだから。キミ、私がいないとダメね」

「す、すみません」

「謝る必要はないわ。その代わり、態度で示して。今までの分、利息もつけて」

視線でベッドを示す。それがなにを意味しているかは、貴寛にもわかった。

「言ったでしょ、私がうーちゃんの代わりになってあげるって。私、キミのペットになってあげる。肉奴隷でもいいけど」

「ん……っ」

好きな女性にここまで言われてなにもできないほど貴寛は弱虫ではなかった。

初めて自分から柚姫の唇を奪い、舌を伸ばした。柚姫もすぐに応じる。

（あぁ、柚ちゃんの唾、甘くて美味しい……っ）

どちらからともなく、互いを抱いたままベッドへと向かう。

「あっ」

二人の脚が絡み合ってもつれ、ベッドに倒れこむ。柚姫が貴寛を押し倒すような体勢になる。

「うふふ、貴寛を組み敷いちゃった。……ね、キミはどんなふうに私を犯したいの？」

普段の柚姫とは別人のような悩ましい表情を浮かべ、甘い声で囁《ささや》く。

「私、ヴァージンだけど、知識はいっぱいあるから。キミが望むこと、なんでもしてあげる。ね、貴寛は私をどうしたい？　どうしてほしい？　フェラチオ？　素股？　手コキ？　それともマニアックに足コキ？　あ、悪いけど、パイズリはちょっと難しいからダメよ？」

濡れた瞳、濡れた唇、そして濡れた声で、次々と淫らな単語を並べられる。

「ね、貴寛ぉ……んちゅ」

ドレスを身に着けた美少女が年下の少年の首筋に唇を押し当てる。その柔らかくて温かい感触に、貴寛は女の子のような声をもらしてしまった。

「こういうの、好きなんだ？　いいよ、キミの体、ぺろぺろしてあげる……ちゅ、ちゅっ……ちゅうぅ……っ」

とても経験がないとは思えないほど、柚姫は積極的に貴寛をリードする。

器用に貴寛の衣服を脱がせつつ、その小さな唇と舌で素肌にキスの雨を降らせる。

「男の子も、ここ、感じるんでしょ？　チュ……ちろちろ……ちゅぷっ」

「あうっ！」

小さな乳首を口に含まれ、舌先で転がされた瞬間、貴寛は声をもらしていた。

（柚姫先輩が僕のおっぱいにキスしてるぅ……ああっ、脇腹撫でられてる、あっ、そんな……そっちまでぇ!?）

憧れの先輩の唇が、舌が、そして柔らかい指先が、貴寛の乳首や脇腹、おへそを優しくていねいに、まるで慈しむように這いまわる。

「貴寛、気持ちイイ？　先輩にペッティングされて、感じちゃってる？」

胸にキスマークをつけながら、くりっとした瞳が上目遣いに貴寛を見る。

「は、はいっ、すごく……ああ、ダメです、そっから下は……！」

上半身を唾液だらけにした柚姫の愛撫は、いよいよ下半身へと移る。

ベルトをはずされ、ズボンのチャックを開けられる。

「……よかった。キミ、ちゃんと男の子だったんだね」

立派に張られたテントを見て、柚姫がほっとしたように言う。

「これ、私に興奮して勃起したんだ。嬉しい。……ねえ、見たい？」

「え？」

「キミだけ裸にされるんじゃ……不公平でしょ？　私のおっぱい……見る？」

ここまでは何度も何度も妄想のなかで繰りかえしたシミュレーションどおりだった。

自分でも驚くほど冷静にコトを進められている。貴寛の反応も期待以上だ。

（よかった。私でもこの子のこと、気持ちよくしてあげられてる）

書籍などで得たエッチの知識を総動員しての愛撫に、奉仕している柚姫のほうが興奮してしまうほど感じてくれた。

ズボンをおろすと、トランクスの中央部が膨らんでいるのが見えた。

このまま下着も脱がして、一気に最後まで……とも考えたのだが、柚姫にはまだ一つだけ不安材料が残っていた。

(綺麗だって言ってくれたけど、私相手でも欲情してくれるのかしら)

自分の容貌が幼く、お世辞にも大人の色香とは無縁ということくらいは自覚している。客観的に見て、間違ってもセクシーというにはほど遠いだろう。

(お口とか指だけじゃなくて、ちゃんと私の身体でも興奮してほしい)

だから、こんなことを口にする。

「ね、キミが見たいって言うなら、見せてあげる。触りたいなら、いくらでも触らせてあげる。舐めてもいいし、吸ってもいいよ?……ね、キミはどうしたいの、貴寛」

期待と不安、そして恥ずかしさに声が震える。が、貴寛の返答は早かった。

「見たい、です……僕、先輩のこと、全部見たいです……っ」

「ダメ、ちゃんと言って。おっぱいが見たいって、視姦したいってはっきり言って」

「先輩の……柚姫先輩のおっぱい、見たいです……!」

真っ赤な顔でそう言ってくれた途端、

(あっ！……やだ、私……嬉しすぎて……濡れちゃった)

股間にじゅわんと熱い汁が溢れでたのがはっきりわかった。

「い、いいわ。でも、あまり期待しないでよ？　そんなにおっきくないんだから」

食い入るように見つめる貴寛の視線を強く肌に感じつつ、ドレスの胸もとを徐々にさげていく。見える肌の面積が増えるにつれて、組み敷かれた少年の視線が強くなるのをはっきり感じる。

(私、胸にはそんなに自信ないのに……でも貴寛ったら、あんなに真剣に……)

好きな男に裸を見せる。それは想像していたよりずっと恥ずかしくて、緊張して、けれどとても嬉しいものだった。

「あ……！」

小振りなバストをあらわにした瞬間、貴寛が息を呑むのがわかった。

(やだ、乳首、勃《た》っちゃってる……！)

まだ成長途上（と信じている）乳房は控えめサイズだが、その分、形は見事に整っている。あるかないかわからないような小さな乳輪と、ツンと上向いた乳首は初々しい薄いピンク色だ。

「綺麗です……ああ、柚姫先輩のおっぱい……！」

「見てるだけでいいの？　キミが触りたいなら、私はかまわないわよ」

本心は違った。

触ってもらいたかった。貴寛にこの乳房を撫でてもらい、そして揉んでもらいたかった。この期待に浅ましく突起した乳首をいじってほしかったのだ。

「い、いいの？……ああ、夢みたい……！」

少年の手のひらが優しく柚姫の乳肉を包みこむ。

「ン……！」

ぶるりと身体が震えた。全身に鳥肌が立つ。

「い、痛かったですか!?」

「ううん、違う。気持ちよかったの。キミにおっぱい触られるの、気持ちイイの」

その言葉に安心したのか、貴寛は徐々に乳房への愛撫に積極的になってきた。

「あ、ああっ……あん……んっ……や、だぁ……ダメ、そんなふうに触られたら……あっ……あはぁ……っ」

手のひらにすっぽりと収まるサイズの乳房が、貴寛によって優しく蕩《とろ》かされていく。

(自分でするのと、全然違うぅ……貴寛の手、気持ちイイ……！)

少しごつごつした手が、壊れ物を扱うようにていねいに控えめな柔肉を揉みほぐす。

手のひらで勃起した乳首が転がされるたびに甘い電流が全身を駆け抜ける。

「あっ、ふあぁ……やぁ……ぞくぞくする……ぅ」

腰が勝手に前後に揺れ、疼く秘所を貴寛に擦りつけるような動きを見せる。

「先輩のおっぱい、柔らかいです……ああ、すごい……ふわふわしてる……！」

「や、だぁ……ああっ、ごめんね、おっぱい小さくてごめんね……んふン！」

オナニーとは比べものにならない快感だった。

（も、もう我慢できない……！）

バストを貴寛に預けたまま軽く腰を浮かし、ドレスのなかに手を入れる。触れなくてもわかるほどじっとりと湿り気を帯びたショーツから片脚を抜く。

「貴寛の初めて、奪っちゃうからね」

興奮と緊張で声が掠れている。喉がからからに渇く。なのに、次から次へと口内に唾液が溢れてくる。

「キミのオチン×ン、私が食べちゃうんだから……！」

何度も喉を鳴らして唾を呑みこみながら、後輩のトランクスを乱暴にずりさげる。

「……っ！」

勢いよく飛びだしてきた男根に柚姫が一瞬怯《ひる》む。

（これが本物のオチン×ン。すごい、絵で見るのよりずっとエッチな形してる！）

綺麗なピンク色をした亀頭部は、ぬらりとした液体で濡れていた。

（ガマン汁かな、これ。男の子も濡れるって本当なのね）

だが、今の自分の濡れようはこんなものではない。生温かいものを内股に感じるのは、溢れた愛液が伝い落ちているからだろう。ドレスの裾で下腹部が隠れているからなんとか見られずにすんでいる。

処女のクセに滴《したた》り落ちるほど濡らしていることは知られたくなかった。だから柚姫は股間をドレスで隠したまま、慎重に腰を勃起の真上に移動させる。

「覚悟はいい？　今からキミの童貞、奪っちゃうからね」

「え？　こ、このままの格好で？　でも、先輩も初めてじゃ」

「私は先輩。キミより年上なの。だから平気。後輩なんだから、先輩の言うとおりにしてなさい。……ん……っ」

やや早口なのは柚姫も緊張している証拠だ。

怖くないはずがない。

しかし、柚姫はペニスを小さな手でつかむと、自らの膣口に先端を向けさせる。

（貴寛の、すごく熱くなってる……それに、太くて硬い……）

こんなものが自分の胎内に本当に収まるのか不安になる。怖くなる。それなのに、

（ま、また溢れてきた……貴寛と一つになれるって思っただけで、オマ×コから愛液がいっぱい出てくる……っ）

男を迎え入れようとわずかに捲《めく》れた処女の花弁から、とろりと透明な雫《しずく》が糸を引い

て亀頭に落ちる。

（私のおツユと貴寛のガマン汁が繋がってる……）

それが自分とこの少年を繋ぐ絆のように思えた途端、初体験への恐怖がふっと薄らいだ。腰が自然にさがり、膣口と亀頭が触れ合う。

「ンン……ンッ……ンウウゥ……ッ!!」

想像よりもずっと巨大な肉塊が自分を押しひろげながら侵入してくるのがはっきりと知覚できた。

（い、痛い……裂けちゃう……オマ×コが千切れちゃう……！）

狭い膣道を、粘膜ごと削り取るようにして膨張ペニスが侵攻してくる。

「あっ……くっ……い、いたっ……あっ……ひぎ……っ！」

「柚姫先輩……っ」

心配そうな後輩の声も聞こえない。

めりっといういやな感触とともに、一番の激痛と衝撃が脳天まで到達する。

「ひっぎ……ぃ……うあっ、い、たい……痛い……ぃ！」

気が遠くなるような鋭い痛みのなか、柚姫は自分が女になったことを知る。

（破れた……今、私の初めて、貴寛に破られた……ぁ！）

肉槍が純潔の証を突き抜け、先端が女の聖域である器官まで到達したのがわかった。

想像以上の痛みに両の瞳から涙が溢れるが、柚姫の胸中は歓びで満たされていた。

(私、この子と結ばれたんだ……嬉しい……!)

「先輩、大丈夫ですかっ⁉」

「平気よ……ちょっと痛いけど……しばらくすれば慣れると思う」

「で、でも」

「だから、もうちょっとだけ待ってて。さすがに……まだつらいから」

貫通したときの、あの失神するかと思うような激痛はもうないが、擦り傷に消毒液を大量に浴びせられたかのような鋭い痛みはずっとつづいている。

(これ、きっと処女膜があったところの痛みだわ)

処女でなくなった寂しさよりも大人の女にしてもらえた満足感のほうが遥かに強い。

何度か大きく息を吐き、じっとしていると、幾分痛みが引いてきたような気がした。

「もう、平気かも。……ごめんね、今度はキミを気持ちよくしてあげるから」

貴寛の胸に両手をつき、恐るおそる腰を前後に揺らしはじめる。

慣れないうちは抽送するのでなく、挿入したまま揺らすような動きがいいのだとなにかで読んだのだ。

(こんな感じ、かな?……あ、痛いっ)

あまり大きく動くとやはりまだかなり痛む。

苦痛が顔に出てしまったのだろう、貴寛が心配そうに柚姫を見上げている。ぐっと奥歯を嚙みしめているのは、動きたいのを必死に我慢しているからだろう。

(ごめんね。そして、ありがとう)

きっと今すぐにでも腰を激しく突きあげ女肉を貪りたいはずなのに、貴寛は柚姫を気遣って懸命に欲望を抑えこんでいる。

「んっ……んふ……あっ……あふ……んん……ぅ」

さっきよりも振幅を狭め、ゆっくり、慎重に腰を前後に揺する。

(あ、これなら平気、かも……ん……やだ、オチン×ンの形、わかっちゃう……！)

みちみちと膣肉を押しひろげる勃起がはっきり感じられる。

「ね、わかる？　キミのエッチな棒が、私のオマ×コに全部入っちゃってるんだよ？」

痛まないギリギリのところを探りながら、徐々に腰の揺らぎを大きくしていく。

「先輩……ああ、すごい……締まる……柔らかいのに締まります……！」

「あン、キミのオチン×ン、またおっきくなったぁ……やぁン」

自分を串刺しにしている愛しい男根を膣襞で覚えるように、目を閉じ、まだ痛みの残る下腹部に意識を集中する。

(これが貴寛の……すごい……私のオマ×コ、この形に変えられちゃう……もう貴寛しか入らなくなっちゃう……！)

とても入りそうになかった狭穴が、若勃起によって強引に拡張されていく。

「責任、とってね……私のエッチな穴、キミ専用になっちゃったみたい……ン……あっ、ココ、気持ちイイ、かも……あっ……ああん」

「うあっ、そ、そんなに動かないでください……ああ！」

「ん……やっぱりココ、感じちゃう……あっ、ああ、イイ、キミのがココに当たると、ぞわってするぅ……んあぁ、あはぁ……っ」

カリ首の張った部分が、入り口の少し奥の上部を擦る。

（ココ、擦ると変な感じぃ……あっ、動くとまだ痛いのに、気持ちイイのがどんどんおっきくなる……あっ、腰が勝手に動いちゃうっ）

擦り傷を乱暴に擦られるような痛みや、内臓を下から突きあげられるような息苦しさはまだ残っているのに、今まで知らなかった甘い悦びがじんわりと、けれど確実に柚姫の下腹部を覆っていく。

「ダ、メぇ……ああン、貴寛の、太いのぉ……やだ、変、これ変なのよっ、アソコがびりびりするの、痛いのに、変に気持ちイイ……っ！」

「あ、動かないで、そんなに動かれたら僕、僕……！」

より強く感じるポイントに当たるよう、柚姫は無意識に上体を後ろに反らしていた。貴寛の手は柚姫の乳房から離れない。

「あっ、あん、はあん！　貴寛、貴寛……ぉ！」

「先輩、せんぱぁい……っ！」

柚姫だけでなく、貴寛も動きだしていた。

本能に従い、腰を垂直に突きあげる。それによってさらに強くエラ部分が膣の上側、つまり柚姫のスウィートスポットを責めることになる。

「あっ、あっ、ああぁぁ！」

痛みを訴える声はもうなくなり、甘えるような、そして切羽つまったような甲高《かんだか》い声だけが口からもれでる。

（そこ、そこぉ！　そこがイイの、そこ、もっと擦って、もっといじめてぇ！）

ドレスをまとった美少女が、少年にまたがったまま小刻みに腰を揺らす。

純潔を奪った肉棒がその箇所を擦るたびに、失禁をうながされるような快感が全身を震わせる。

「あっ、もう、もうダメです先輩、僕、もう出ちゃいますっ」

「イイよ、そのまま来て、私に出してっ……！　アァァ！」

乳房を揉んでいた貴寛の手に自らの手を重ねる。しこって敏感になった乳首が手のひらで押しつぶされ、総毛立つような鮮烈な愉悦が少女の肢体を痙攣《けいれん》させる。

（あっ、膨らんでる、ザーメン来るっ……貴寛の精液、中出しされちゃう……！）

間近に迫った膣内射精に、全身が緊張する。子宮がその襲撃に備えてきゅんと疼く。

怖い。けれど、その瞬間が待ち遠しくてたまらない。

(来る……貴寛が私の膣内《なか》に、子宮《おく》に来る……っ)

柚姫が身構えたその直後、

「出ます……あっ、出ちゃう……先輩……あああっ!!」

貴寛が弾けた。

「んんっ……あっ……んっ……くぅ!!」

信じられないほど熱く、そして大量の樹液が次々と柚姫の膣内へと放出されていく。

「熱いっ……あっ、お腹が溶ける……ァァ、アアア……ッ!」

どちらからともなく互いの手を握り合い、射精のリズムに合わせるように同時にびくびくと身体を震わせる。

「先輩……ぃ!」

柚姫を持ちあげるように貴寛が腰を突きあげたまま射精をつづける。

「んん……んっく……くぅぅ……んん……!」

脈々と注がれるザーメンの熱さに、柚姫はくぐもった呻き声をもらすのだった。

III 反撃開始！〜スポーツ少女には痴癖がいっぱい

1 疑惑

子供の頃から数えきれないほど早坂家に遊びに行っていたこともあり、薫は貴寛の家族、特に母親と仲がよかった。もちろん、自分がメイタンの社長令嬢であることも影響しているだろう。

だから、校内から突然いなくなったという貴寛と連絡が取れないと知った薫は、すぐに早坂家に電話を入れた。

「ごめんね、あのドラ息子、まだ帰ってないの」

それが夕方四時だった。

（あの子、どこに行ったんだろ）

先週金曜に早退してから音信不通だったことに加え、貴寛と同じクラスの後輩から

「早坂くん、今日はまるで病人みたいでしたよ」という気になる情報もあり、薫はやきもきしていた。

（うぅっ、タカのヤツ、大丈夫かなぁ）

おかげで、全然バレー部の練習に身が入らない。

周囲は選挙のことで薫が集中力を欠いていると勘違いしていたようだが、正直なところ、そっちはあまり気にならなかった。

部活が終わってもう一度早坂家に電話をすると、

「今日は友達の家で夕食をご馳走になるってメールがついさっき届いたのよ」

これが午後六時過ぎ。

（おかしい。タカに、そんな仲のいい友達がいるとは思えない）

貴寛とはほぼ毎日顔を合わせているし、同じクラスの後輩たちにもいろいろとスパイをさせているが、

（人見知りで口下手で弱虫で内気で被害妄想気味のあのタカと仲良くするような物好き、わたし以外にいるはずないもんっ。あの腹黒女はともかくっ）

家に招かれ、食事までご馳走されるような親密な人物の影はいっさい感じなかった。

（となると……あっ！）

あまり考えたくない可能性が脳裏をよぎった。

確認のため、いやいや柚姫の携帯に電話をする。

(……出ない。留守番電話でもないいし、圏外《けんがい》でもないのに)

あまり愉快でない想像をしてしまう。

柚姫が（理由は不明だが）様子のおかしいという貴寛を拉致《らち》監禁し、自分に投票しろと脅迫しているのかもしれない。

(あの負けず嫌いのロリ女なら、それくらいやりかねない！　タイミングがあまりにもぴったりしすぎている。

なにしろ、貴寛の一票で次期生徒会長が決まるのだ。しかもそれは、長年つづいた貴寛争奪戦の決着とも同義だ。

(ま、まずい……まずいって、これぇ!?)

薫にとって（おそらく柚姫にとっても）生徒会長云々《うんぬん》は二の次で、最も大切なのは貴寛をどちらが先にモノにするか、である。極端な話、貴寛と恋人になれるのであれば、生徒会長は相手に譲ってもいいのだ。永遠のライバルとの勝負も大事だが、恋の行方のほうがその何倍も重要なのだ。

(ど、どど、どうしよう……ああ、今、この瞬間、わたしのタカがあの女に食べられちゃってるかもしれないのに!?)

自分の恐ろしい想像に身悶える薫だったが、このときすでに二人が一線を越えていたことを知る由もなかった。

翌火曜日の放課後。

（タカ……！）

そわそわしながら一日を過ごし終えた薫は、ホームルームが終わると同時に教室を飛びだした。

普段なら放課後を待つまでもなく貴寛の教室に行くのだが、今は時期が悪すぎる。下手に日立つことをしてさらに貴寛を追いこみたくはない。

聞いた話だと、報道部をはじめ、かなりの人間が貴寛に薫や柚姫との関係を問いつめているらしい。貴寛と同じクラスの後輩によると、その執拗な質問攻めに対していっさい答えていないようだが、それがあの内気で気弱の少年にとってどれだけの精神的負担であるか、薫はよく理解していた。

（あの子、きっとまいってる。ごめんね、タカ。今行くから！）

宿敵である柚姫も、おそらくは同じことを考えているはずだ。

（あの腹黒女だって、タカを追いつめるような真似《まね》はしない。わざわざ騒ぎの渦中に飛びこむわけないだろうから……やっぱり勝負は放課後！）

幸い、柚姫のクラスはまだホームルームが終わっていないようだ。自分のほうが早く貴寛の元に辿り着ける。

あとは一気呵成《いっきかせい》に貴寛を拉致《らち》し、そのまま人気《ひとけ》のないところ（今なら校外がいいだろう）に連れだし、そこでゆっくり話し合えばいい。

落ちこんでいるならば励ましてやりたいし、悩んでいるなら相談に乗る。

同時に、生徒会長選挙のことも話しておきたい。もちろん、柚姫などではなく自分に投票することを確認するためだ。

（なにより、昨日のことも問い質《ただ》しておかないと！）

忘れてはならないのは、昨日、どこで誰と一緒にいたかということだ。まさかとは思うが、自分以外の女、つまり柚姫とともに過ごしていたのではないかという疑念がどうしても振り払えない。

「早坂くん、今日は多少元気になってましたよ。あと、昼休み、どっかに行ってたようです。いつもは教室で一人で食べてるのに。それと、休み時間のたびにやたらと携帯メールをチェックしてました。普段はそんなことないんですけど」

後輩からもたらされた、そんな気になる情報も薫を焦らせていた。

（ち、違うよね。まさか……タカに限って、柚姫なんかとそんな……そんなことにはなってないよね!?）

「こら、廊下を走るな、別府！」

教師に注意されるのもかまわず、薫はいつの間にか廊下を駆けだしていた。

2　強行突破

（あう、今日もまた人がいっぱい来てる……）

ホームルームが終わるのを廊下で待ち構えている生徒たちを見て、貴寛は暗澹《あんたん》たる気持ちになった。昨日は文芸部の奇襲によってこの包囲網から逃れられたが、今日はもうそれを期待できない。

「大丈夫、放課後、すぐに私が助けに行くから、それまでだんまりを決めこみなさい」

今日の昼休みにそう言ってくれた柚姫だけが頼りだ。

（でも、騒ぎの当事者である柚ちゃんが僕のところに来たら、火に油を注ぐことになるんじゃ……？）

貴寛は小首を傾《かし》げる。

実のところは「報道部や他の生徒の前で、自分と貴寛の親密さをアピールして薫を出し抜く」という柚姫の策略だが、人のいい貴寛はそんなこととは夢にも思わない。

（僕、本当に柚ちゃんと……しちゃったんだ……）

ちょっとでも気を抜くと、すぐに昨日のあの出来事が脳裏に甦ってくる。

柚姫の細くて華奢《きゃしゃ》で、でも柔らかい肌の感触や、甘い汗の匂い、そして恥ずかしそうにしがみついてきたときの、あのはにかんだ笑顔が鮮明に思いだせる。

(うーちゃんがいないのはやっぱり寂しいけど……)

愛兎の不在は依然として貴寛を蝕んでいる。けれど、柚姫の想いは着実に貴寛の心を癒しつつもある。

(でも、まだ信じられないよ。あの柚ちゃんが……あんなに綺麗で頭のいい、誰からも尊敬されるような人が、僕なんかを好きだなんて)

そっと唇を指でなぞる。つい数時間前、誰もいない教室で交わしたキスの感触が色濃く残っている。

「あそこは物置としてしか使ってないし、誰も来ないから」

と前日に言われていたとおり、その教室は昼休みの喧噪とは無縁の静寂に包まれていた。貴寛はそこで、柚姫と二人きりで食事をしたのだ。

「先輩の手料理を食べたのって、この学校の受験日以来？」

柚姫が用意してくれた弁当は、お世辞抜きで美味だった。貴寛の好物ばかり揃えてあるのがたまらなく嬉しい。

「覚えててくれたのね。あのときより料理の腕は上達してると思うけど……どう？」

もちろん、貴寛は口下手なりに懸命に柚姫の弁当を褒め称えた。

「ありがとう。じゃあ、お礼にデザートをおまけしてあげるわ」

「え？　今、杏仁豆腐《アンニンドウフ》をもらいましたよ？……あ」

気づいたときには、目の前に整った顔が迫っていた。そして、どんなデザートよりも甘くて柔らかい感触が唇に触れる。

「今はここまで。つづきは放課後ね。また、私の家にいらっしゃい」

透き通るような肌をわずかに赤らめながら、愛くるしい外見を持つ先輩が甘く囁《ささや》く。

「で、でも、昨日みたいにまた」

「大丈夫、放課後、すぐに私が助けに行くから、それまでだんまりを決めこみなさい」

そう言った柚姫は、気弱な後輩を元気づけるように、もう一度キスをしてくれた。

そんなふうに甘々な記憶に浸っているうちに、ホームルームが終了してしまった。

担任が教室を出ると同時に、昨日同様、報道部を中心とする生徒が雪崩《なだ》れこんでくる。

「せ、先輩……っ」

思わず柚姫の名を口にした直後、

「お待たせ、タカ」

薫の声で返事が戻ってきた。

「か……薫先輩……!?」

まったく予想していなかった人物の登場に、貴寛の声が裏返る。

「なによ、その反応はっ。せっかく助けに来てあげたのに！」

一瞬不満そうに口を尖《とが》らせるが、

「ま、いいや。それより行くわよ！」

「え、ちょっ……あわわ!?」

強烈なスパイクを生みだす黄金の右腕で貴寛の襟をつかみ、引きずるようにして教室からの突破を図る。いい感じに気道が絞められる。

「あ、別府先輩だ！」

「こちら報道部ですが、ここに来たというのは、やはり早坂くんへの投票の呼びかけですか!?」

「噂される西谷さんとの三角関係というのはホントのことですか!?」

「一言、コメントお願いしますっ」

まるでホラー映画に出てくるゾンビのように報道部を中心とした生徒たちが貴寛たちに群がってくる。薫が貴寛の元にやって来たのは、彼らにしてみればまさに鴨《かも》が葱《ねぎ》を背負ってきたような状況だろう。

「えーい、どきなさーいっ！」

しかし長身のエースアタッカーはそんなゾンビどもをまるでラッセル車のように蹴散らしつつ、一目散に教室から脱出する。もちろん、貴寛を引き連れたままで。

（あっ、ちょっ、ちょっと待って薫ちゃん！　僕、柚ちゃんと待ち合わせが……！）

そう叫びたかったのだが、襟が喉に食いこんだ貴寛に発せられたのは、「ぐえっ」という、哀れな呻き声だけだった。

「貴寛!?」

(柚ちゃん……っ)

遅れてやってきた柚姫の姿がわずかに視界に飛びこんできたが、

「西谷先輩もやって来たぞ!」

「いよいよ修羅場か、泥沼か!?」

「報道部ですが、ぜひコメントをッ」

標的をこちらから柚姫に変更した生徒たちに呑みこまれてしまったようだ。

薫と違い、柚姫にあの包囲網を力業で突破できる可能性は限りなく低い。

(ああ、柚ちゃん……っ)

3　スペシャルマッサージ

貴寛はなにかぶつぶつ言っていたようだが、薫はそれに頓着《とんちゃく》せず、

「ほら、さっさと上履き脱いで!」「追っ手が来る前に逃げきるわよ!」

ひたすら後輩の少年を急き立て、どうにか学校脱出を成功させた。

「かお、る、せん、ぱい……」

「なぁに、このくらいのダッシュでへばったの？　やっぱりお前、運動部に入れって。それがイヤなら……うん、わたしが個人的にトレーニングに付き合ってもいいぞ？」

とっさの思いつきを口にしただけだったが、悪くないアイディアだと思った。

（うん、いいな、それ。柚姫ばっかりにいいところ取られたくないし）

高校受験のとき、薫はほとんどなにも貴寛の手助けができなかった。

「お前が来ると邪魔。本当に邪魔。果てしなく邪魔。貴寛の邪魔しないで、お邪魔虫」

柚姫の憎まれ口に、心のどこかではその指摘が正しいと認めていたので、強く言いかえせなかったことも思いだす。

勉強は教えてあげられなかったから、「受験勉強で凝った体をほぐしてやる！」という、かなり無理のある理由をでっちあげて毎日早坂家に押しかけていたのだ。

「さて、どこに行こうかな」

追っ手は撒いたので、あとはゆっくり話せる場所へ移動すればいい。

（貴寛の家は……ダメだな。さっき柚姫の声がしたから、きっと押しかけてくる）

ファミレスなどでもいいが、落ち着いて話すにはちょっと不向きだろう。

「よし、わたしの家に行こう」

「え？」

薫に手首をつかまれここまで引っ張られてきた貴寛が変な顔になる。

「なに、わたしの家はイヤなの？」

「そ、そうじゃないけど……いいんですか？」

「いいんですかって……今まで何度も遊びに来てるじゃない。最近はあんまり来てくれないけど。……あ」

一つの可能性に思い当たる。

（もしかしてタカったら、エッチなこと、期待してる？）

よく考えてみれば、女から自室へ誘ったのだ、そういう意味が含まれていると勘違いされてもおかしくない。

（そ、そっか……タカったら……エッチなんだから、もうっ）

しかし、悪い気分はしない。むしろ嬉しい。

（えへへ、タカ、期待してるんだ。……べ、別に、タカにその気があるなら、わたしはいつでもその……うん、受け入れてもいいんだけどっ）

健康的に焼けた肌に赤みがさしていく。

（あ、でもわたし、今日は汗臭いかも!?　朝練のあと、軽くシャワー浴びただけだし……ああ！　六時間目の授業、体育だった！　どうしよう！）

勝手に誤解して勝手に盛りあがる薫は、貴寛が困ったような目で自分を見ていることに気づかなかった。

「あれ？　母さんいないの？……あ、今日は遅くなるって言われてたんだっけ」

別府家に貴寛を連れてきたのはいいが、母親が不在だった。火曜日は所属しているママさんバレーチームの練習日だった。

（あー、母さんいないと、お茶も出せないなぁ。ペットボトルでいっか）

料理はからっきしの薫は、キッチンのどこに茶葉があるかも知らない。不器用な娘に対して、親からは「お前は台所に入らなくていい」とまで言われているほどだ。なにしろ、全自動の食器洗い機を使っても皿を割るという特技の持ち主である。

「あの、おかまいなく。すぐにおいとましますし」

「む」

気を遣ったのだろうが、今の貴寛のセリフに薫はむっとする。

（なに、それ。さっさと帰りたいってこと？　昨日は柚姫なんかの家で晩ご飯まで一緒に食べたクセに！）

貴寛の教室に駆けこんできた柚姫の必死な表情を見た瞬間、薫の野性の勘はこう告げたのだ、「昨日、貴寛がずっと一緒にいたという友人は柚姫である」と。

(むー。柚姫と一緒にご飯食べたんなら、わたしだって……！)

負けず嫌いの薫は、そんな対抗意識を強くする。

「ちょっと待ってて……飲み物はペットボトルのウーロン茶があるし……あ、お菓子も発見！　オッケー、万事解決っ」

戸棚を漁り、お茶請けも確保する。当面はこれで大丈夫だろう。

(夜になれば母さんも帰ってくるから、夕ご飯もオッケー！　あとはタカをご飯の時間まで引き留められればわたしの勝ち！)

時計を見ると、夕方の四時。母親が帰宅するのは、夕食の買いだしもしてくるだろうから、おそらく六時過ぎ。約二時間足止めすればいい計算だ。

「ちょ、ちょっとだけ待ってて！　五分でいいから！　勝手に帰ったらあとでひどいからね!?」

私室の前で貴寛を待たせ、超特急で部屋を片づける。

まずは窓を開け、あちこちに芳香剤を撒き散らす。

(大丈夫だよね、汗臭くないよね!?)

本当は部屋だけでなく、シャワーを浴びて自分自身も洗いたかったのだが、

(女の子から部屋に誘って、それからシャワー浴びちゃったりしたら、それこそ誤解されちゃう！　母さんがいないのだってただの偶然なのに！)

誤解されてもそれはそれでいいや、ともちょっと考えているのだが、さすがにそこまで積極的にはなりきれない。そういうことに関して、薫はかなり奥手だった。

(えっと……ええい、適当に突っこんじゃえ！)

散らかっていた洗濯物や雑誌などはとりあえず押し入れなどに押しこむ。

(あとは……あっ、着替えたほうがいいかな!? でも、あんまりタカ待たせると……いいや、制服のままで！)

そもそも着替えはさっきまとめて押し入れに投げ入れてしまったので、他に選択肢はない。念のため再度制汗スプレーを腋《わき》や背中、腰、お腹、そして太腿などにたっぷりと噴射しておく。さらに念には念を入れ、ベッドのシーツの皺を直しておく。

(も、もしもタカに迫られたら……あうっ、わたし、もしかしたら今日、ここで大人になっちゃうかも!?)

そんな妄想に浸っていると、貴寛を待たせてすでに十分近くが経過していた。

「ごめん、お待たせ！　もう入っていいわよっ」

貴寛はまるで躾《しつけ》の行き届いた犬のようにさっきと同じように廊下でおとなしく立っていた。そんなところが妙に薫の胸をきゅんとさせる。

(うー、やっぱりコイツ、わんこみたいで可愛い……っ)

自分に忠実なところ、かまってほしいオーラをぷんぷん漂わせているところなどが犬を彷彿《ほうふつ》とさせる。思わずヘアピンをなでなでしてしまう。

（タカがわんちゃんだったら、わたし、いっぱい可愛がってあげるんだけどな）

犬の耳と尻尾が生えた貴寛を想像して、思わず口もとが弛んでしまう薫であった。


目の前で正座したまま、ちらちらとこちらの様子をうかがう貴寛は、それこそ主人の命令を待つ気弱な飼い犬のようだった。ウーロン茶の入ったグラスを両手で持って、くぴくぴとまるで舐めるように飲む仕草も、どこか犬っぽい。

（さて、どっから切りだそうかしら）

後輩から、貴寛の落ちこんでる原因がペットロスではないかという情報も得ている。なんでも、昨日は休み時間になるとずっと携帯電話の待ち受け画面を見て泣きそうな顔をしていたらしい。それが愛兎の写真であることは薫も知っている。

（あのうーちゃんが……）

薫にもよく懐いていたあのウサギが亡くなったというのはショックだった。

（確かに、子供の頃からずっといたし、もうそれなりの年齢だったろうけど……）

子供の頃から一緒だった薫は、貴寛がどれだけあのウサギを溺愛していたかを知っている。自分や柚姫と出会うまでは、貴寛にとっては彼だけが唯一の友人だったのだ。

（慰めてあげたいけど……）

どうすればいいのか見当もつかない。

（こういうとき、柚姫ならいろいろ考えつくんだろうけど）

あの宿敵は、頭の回転だけは速い。悔しいけれど、それは認めざるを得ない。

それに対して薫はいろいろな意味で不器用だ。

どうにかして貴寛を元気づけてあげたいのに、その方法が皆目見当がつかない。柚姫に嘲られるように、猪突猛進しか知らない自分自身に失望する。

家に呼んで、二人きりになればなんとかなると考えていた己の浅はかさに改めて自己嫌悪に陥る。しかし、いつまでもこんな気まずい空気のままではいられない。なにより、薫自身がこの雰囲気に耐えられない。

「あ、あのさ、久しぶりにマッサージしてやるよ」

共通の話題には地雷（うーちゃん・生徒会・柚姫）が山ほど眠っているため、下手に会話を振らないほうがいい。

そう判断した薫は、あまり話さなくていい方法を選択した。

（これなら黙っててても気まずくないし、貴寛も喜んでくれるよね）

同時に、妖しい期待に知らず胸が高鳴る。

「え、い、いいですよ、そんな。僕、別に体凝ってなんか」

「遠慮しなくていいの。ほら、さっさとベッドに横になりなさい。クッションはそこの枕使っていいから！　後輩は後輩らしく先輩に従うの！」
渋る貴寛を急かす。押しに弱い少年は、なにか言いたそうな表情を浮かべたまま、
それでも指示どおりにベッドにあがる。
貴寛が受験生だったときは毎日のようにマッサージをしてあげていたので、お互い、
特に恥ずかしいことはない……はずだった。
（あ！）
ベッドでうつ伏せになった貴寛を見て、ようやく薫は気づいた。
（ど、どうしよう……やだ、わたしの匂い、嗅がれちゃうっ）
今まではすべて早坂家で行なっていたため、当然、ベッドも枕も貴寛のものを使用
していた。が、今日は違う。貴寛が横になっているのは薫が毎晩寝ているベッドだし、
顔を埋めているのは、薫の汗や体臭が染みこんでいるであろう枕だ。
ベッドや布団、枕にも消臭剤を吹きつけてはあるが、布に染みこんだ体臭は間違い
なく色濃く残っているはずだ。
すでに貴寛はうつ伏せになって薫の施術を待っている。今さら「ごめん、やっぱな
し」とは言いだしにくい。
（ど、どうしよう……ああ、貴寛が呼吸してる、わたしの枕の匂いを嗅いでるぅ！）
枕に顔を埋めたまま、貴寛の肩が緩やかに上下している。当たり前だが、呼吸をし

ている証拠だ。当然、枕に染みこんだ匂いも嗅がれていることだろう。

（こうなったら……さっさと終わらせるしか！）

覚悟を決めた薫は一度両手でぱちんと自分の頰を軽く叩いてから、貴寛の背中にまたがるのだった。


（頭がくらくらする……ああ、薫ちゃんの匂いだ……っ）

久々に薫の家にやって来ただけでも変な気分になっていた貴寛は、枕とベッドに染みついた先輩の甘い体臭に、思考能力を削られつつあった。

部屋に招き入れられたときは「もう来るなって言ってたのに」と過去のトラウマを思いだしてしまったが、今はそんなことを考える余裕もない。

（薫ちゃんが毎日寝てるベッド……！）

少し皺の寄ったシーツが逆に生々しさを感じさせて少年を興奮させる。

「じゃ、じゃあ、はじめるぞ」

上擦ったような薫の声につづき、心地よい重さを腰に感じる。薫がまたがってきたのだ。

「ひ、久しぶりだな、お前がここに来るのは」

「そ、そうですね」

二人とも、明らかに互いを意識しすぎている。

「最後に来たのはいつだっけか?」

「……っ!」

一番避けたかった話題がいきなり飛んでくる。

「………?」

びくりと肩を震わせた貴寛に、薫が不思議そうに首を傾げた。

本当は八月の中旬だ。貴寛は日付まで覚えているが、口には出さない。

「一昨年の夏休み……くらいだと……思います」

「そうか。……最後にマッサージしたのは……受験の直前だから……」

「今年の二月くらいですね」

「じゃあ、もう半年近くタカの体はごわごわのまんまなんだな?」

「そう……なりますね」

「それじゃ、今日は半年分の凝りをほぐしてやるぞぉ」

ことさら明るい口調とともに、久々のマッサージがはじまる。長くて力強い指が的確にツボをとらえ、心地よい強さで刺激される。

「ずいぶん凝ってるぞ。運動不足じゃないのか?」

「そう……かもしれません……あうッ」

「ん、ここか？……うわ、首と肩、ごりごりだな。まずはここを重点的にやるか」

凝り固まった僧帽筋《そうぼうきん》や肩胛骨《けんこうこつ》のあたりに痛気持ちいい刺激が送りこまれる。

（あ、気持ちイイ……）

薫の指がツボを押すたびに新たに血液が循環するのがわかる。硬くなっていた筋肉がほぐれ、心地よい温かさがひろがっていく。

（先輩のマッサージ、やっぱり上手い……）

握力や腕力があるため、充分な刺激が加わる。

「わたし、勉強はダメだけど、スポーツ医学とかには興味あるから、ちょっとは詳しいんだぞ？」

本人が言うとおり、マッサージのツボはしっかり押さえてあるようだ。

ただし、貴寛が薫のマッサージを気に入っているのは他にも理由がある。

（あっ、まただ……薫ちゃん、またお尻をぐりぐりって……！）

薫はうつ伏せになった貴寛にまたがるため、臀部が腰のあたりに当たるのだ。スポーツで鍛えあげられたヒップの生々しい感触が思春期の少年を激しく興奮させる。

（あ、あれ？　なんだか前とお尻の感触が違う……ああ！）

薫が制服姿のままだったことに今さらながら思い至る。これまではジャージやスパッツが多く、制服のままマッサージしてもらうのはこれが初めてだったのだ。

（ってことは……！）

見えないのでわからないが、もしもスカートが捲《めく》れてしまえば、下着が直接触れることになる。

（ダメだ、そんなエッチなこと考えちゃダメだ……！）

好意でしてくれている薫に対してそんな邪《よこしま》な欲望を抱くのはひどい裏切り行為に等しい。貴寛は目を閉じ、必死に情欲を押しかえそうとする。

しかし、目を瞑ったのは逆効果だった。

視界を遮断されたせいで、腰部に伝わるヒップの感触がより鮮明に感じられてしまう。触感だけでなく嗅覚まで鋭敏になり、息を吸うたび薫の甘い体臭が肺に染み渡る。

「タカったら、こっちもコチコチね」

後輩のそんな苦しみを知らない薫は、別の場所へのマッサージもはじめる。二の腕や上腕部を丹念に指で揉みほぐすあいだも、薫の腰は微妙に揺れ動く。接している部分がじっとりと熱を帯びているように感じるのは気のせいだろうか。

「腰は大丈夫かな？」

上半身への施術を終え、今度は下半身へと移る。貴寛にまたがったまま、薫がずるずると腰から太腿へとお尻の位置を移動する。

（ああ、なんだか温かい……？）

薫の両脚が貴寛の太腿を挟みこむ。腰よりもより鮮明に弾力性に富んだ臀部の感触が伝わってくる。

「ん……腰も……硬いわね。指が入らないじゃないの」

「すみません……」

硬い筋をほぐそうと、柚姫が体重をかけて指をツボに押しこんでくる。

「んっ……ふっ……ふっ……ん……っ」

力をこめているのだろう、そのたびに口から吐息《といき》がもれるのだが、今の貴寛にはそれに艶めかしさを感じ取ってしまう。

(ダメだってば……そんなエッチなこと考えるなってばぁ)

股間に血液が集まっていくのがはっきり自覚できる。今はうつ伏せだからいいが、あお向けになったら一発でバレてしまう。

好意でマッサージしてもらっているのに欲情するなど薫にも申しわけないし、もちろん、昨日処女を捧げてくれた柚姫にも顔向けができない。けれど、

「んっ……タカったら臀筋もコリコリね。んっ……んふ……んぅ……っ」

腰をほぐし終えた薫の手と指が今度はお尻に来た途端、股間の充血は逆に加速してしまう。

(あっ、お尻押さないで！……あ、つぶれちゃう……あっ、それダメです……！)

尻への押圧により、勃起も刺激されてしまう。年上の少女にお尻をマッサージされているだけでも刺激的すぎるのに、そこへペニスへの刺激まで加わっては、もうこらえようがない。

(か、薫ちゃんのお尻が……ぁ!)

しかも、無意識にだろうか、貴寛にまたがった薫の腰がさっきから妙にずりずりと動いているのだ。つまり、薫の股間が貴寛の太腿や膝の裏に擦りつけられている。

(先輩のお尻、柔らかくて温かくて……ああっ、まずい、まずいってばぁ!)

意識しないように目を閉じているせいで、より鮮明に薫の臀部をイメージしてしまう。

「タカ……タカ……ぁ」

聞こえてくる声も妙に艶めかしい。薫本人が放っているのか、甘い体臭がまた強くなった気もする。

視覚の代わりに、触覚と聴覚、そして嗅覚が同時に貴寛の理性を攻撃する。

それはあまりに強力で、あまりに甘すぎる罠だった。

「……今度はあお向けになって」

「え、で、でも」

「早く」

有無を言わせぬ口調に、薫に対して従順かつ弱気な貴寛は逆らえない。

ズボンの膨らみに気づかれませんように、と心のなかで祈りながら、ベッドの上で半回転する。少しでも勃起を誤魔化すために膝を曲げてみるが、

「ひ、膝も伸ばしなさいよ……ほら、タカ！」

膝頭を軽く叩かれ、伸ばされてしまう。

「……っ！」

薫が息を呑むような気配があったが、怖くて目を閉じていた貴寛にはその表情は確認できない。

（み、見られちゃった？）

「…………は、はじめるわよ」

しかし薫はなにも言わず、今度は体の前面へのマッサージを開始する。今度は腹部に薫の柔らかい臀部を感じる。

「んっ……タカったら……あちこち凝ってるのね……ん……んふぅ」

肩の付け根や鎖骨をほぐされ、つづいて胸筋を手のひら全体で揉まれた。

「んあ……っ！」

昨日の柚姫の愛撫を彷彿《ほうふつ》とさせるその刺激に、声が出てしまった。

（変な声出しちゃった……先輩に聞かれちゃった……!?）

けれど薫は一瞬動きをとめただけで、マッサージを中断しない。

(あ、あれ？)

その代わり、さっきから感じていた妙な動きを腹に再び覚える。

(薫ちゃん、自分から腰を動かしてるの……？)

まさかそんなはずはない。もしそれが事実だとすれば、薫は股間を……少女の一番恥ずかしい場所を貴寛に擦りつけていることになる。

(あの薫ちゃんがまさか……でもやっぱり……)

恐るおそる薄目を開けた瞬間、

「!!」

少年はそれを見てしまう。

「んあっ……あっ……ああ……っ！」

頬を上気させ瞳をとろんと潤ませた短髪の少女が、喘ぐような吐息《といき》をつきながら、悩ましげに腰をくねらせている姿を。

貴寛の体に置かれた手は、マッサージというよりは愛撫に近い。

スカートに隠された腰がかくかくと前後に揺れているのは、どう見ても秘部を後輩の腹部に擦りつけている動きだ。

「タカ……タカぁ……」

小声で自分の名を呼ぶ一つ年上の少女のそんな姿に、貴寛は昨日の柚姫を重ねて見てしまう。大切な純潔を捧げてくれた柚姫の、あの美しくも淫らな騎乗位を鮮明に思いだされる。

「……ッ！」

あと数秒でも今の薫を見ていたら、きっと押し倒してしまう。過ちを犯してしまう。

「先輩、す、すみません、ちょっとトイレを借りますっ！」

それを察した貴寛はやや乱暴に薫を押し退け、ベッドを降りる。完全に隆起したイチモツのせいで動きにくかったが、手で股間を隠しながら部屋を飛びだした。

「きゃっ！」

（あ、あれ？　もしかしてわたし……やっちゃった!?）

突き飛ばされたままの姿勢で、薫はようやく正気に戻った。じんじんと切なく疼く股間が、これが夢でないことを教えてくれる。

（ま、またやっちゃった……久しぶりだったから、とめられなくなっちゃって……）

マッサージにまぎれながら秘裂を押し当て、こっそりオナニーに耽《ふけ》るのはこれが初めてではなかった。昨年一年間、受験の疲れをフォローするという名目で柚姫に対抗してはじめたマッサージだったが、いつの間にか貴寛に触れる、密着することへと目的が変わっていた。

最初は乳房をちょっと触れさせる程度だけだったのが、いつの間にか抱きつくようなことをしたり、股間を擦りつけるようになってしまった。

貴寛が照れるのを見るのも楽しかったし、子供の頃から好きだった少年とのスキンシップはクセになるほど心地よいものだった。

(まずいよお……わたしがタカの体でエッチなことしてたの、バレちゃったよお)

受験生活後半の頃になると、マッサージの最中にイクことすらあった。

約半年振りとなるその刺激的すぎる興奮に加え、ここが自室であることが無意識のうちに油断となったのだろう、薫はあまりに無防備に快楽を求めすぎてしまった。

(ど、どうしよう、タカ、絶対にわたしを軽蔑してるよ、嫌われちゃうよお!)

薫はおたおたするばかりで、どう対処すればよいのかまったくわからない。

そのとき、耳慣れない電子音が鳴った。貴寛の携帯電話だった。

(メール……?)

まるで誘蛾灯に誘われる虫のように端末を手に取り、メールを勝手に読む。悪いことをしているという意識すら今の薫からは欠如していた。

「ゆ、柚姫……ッ」

メールの差出人は薫の永遠の怨敵《おんてき》、柚姫だった。

怒りと嫉妬にまなじりを吊りあげつつ、本文を盗み読みする。

「…………!?」

それは、今どこにいるの、今日はウチに来られるの、といったような内容だった。

その文に、どこか今までとは違うなにかを感じた薫は、メール履歴のチェックまで手を染める。そして、昨日から今日にかけての柚姫からのメール内容を見た途端、さっきまでの焦りは完全にどこかへ吹き飛んでしまった。

(な、なによこれは……アイツ……わたしのタカを勝手に……ッ)

直接的に書いてはないが、薫にはわかった。わかってしまった。

二人が深い関係になったことを確信した薫はゆらりと立ちあがり、部屋を出る。

(負けない……タカはずっとわたしのものなんだから……わたしだけの男の子なんだから……!)

4　初めては汗まみれ

「タカ、出てきて。話があるの」

「っ!」

トイレにこもっていた貴寛は、ノックの音と薫のやや怒気のこめられた声にびくりと肩を震わせた。

「これは命令よ。今から十秒以内にそこから出てこないと、ひどいわよ」

「っ!?」

勃起が治まるまでここに閉じこもるつもりだったが、

(この薫ちゃんの声……本気で怒ってる……っ)

初めて聞くような薫の低い声に、あわててトイレから出る。へっぴり腰の情けない格好だったが、肉棒の硬直が全然静まらないのだから仕方がない。

「………部屋に戻って。大事な話をするから」

「……あ!」

踵《きびす》をかえす薫の手に自分の携帯があるのを見て、貴寛は顔面蒼白になる。

(まさか……柚ちゃんからのメールを見られた……!?)

その恐ろしい想像は、残念なことに的中していた。しかも完璧に。

「柚姫とエッチしたの?」

部屋に帰った途端、直球で弾劾された。

「答えて。……したの、あの洗濯板女と!」

「は……はい……」

誤魔化せるような空気ではなかったし、そもそも、そんな器用なことができる人間でもない。貴寛はうつ向きながら小さな声でそう答えるしかできなかった。

(怒られる……どうしよう、どうしよう…………あれ?)

どれだけ激しく罵られるかと脅えていた貴寛の耳に、意外なものが聞こえてきた。

「うっく……ひっ……ひっぐ……うう……うえええぇ……っ」

「薫ちゃんっ!? なんで……どうして泣いて……っ!?」

薫は床にぺたんと座ったまま、子供のように泣きじゃくっていた。フローリングの上にぽたぽたと涙が数滴落ちていく。

「タカのバカぁ……柚姫の卑怯者ぉ……うっく……えぐ……うあああぁっ」

「ちょ、な、先輩、なんで……ああ、泣かないでくださいよお」

「うえええぇ……うえええええーん」

両手の甲で目尻を擦るような仕草はまるっきり子供と同じだった。

長身から繰りだす男子並みの強烈なアタックが武器の、女子から絶大な人気を誇るバレー部のエースが大きな声で泣いている。

「バカぁ……タカの大バカぁ……わ、わたひの……ひっく……わたひの気持ひ、知ってたクセにぃ……うぁーん」

(ど、どど、どうしよう!? どうすればいいの!?)

女の子、それも年上の少女に泣かれた経験などもちろん皆無の貴寛は焦る。焦りま

くる。焦りに焦った末に、

「薫先輩っ！」

「ふえぇっ!?」

自分でもびっくりするような行動に打ってでた。

「すみませんでした……ごめんなさい」

貴寛は自分の胸に引き寄せるように薫を抱きしめていた。

左手で背中をさすってやりながら、右手で頭を優しく撫でる。

「あ……」

激しく泣きじゃくっていた薫が、徐々にではあるが落ち着きを取り戻していく。

「ごめんなさい。薫先輩を泣かすつもりなんてなかったのに……ごめんなさい」

繰りかえし謝りながら、薫が泣きやむまで背中と頭を撫でつづける。

「……っ」

薫の手がゆっくりと貴寛の背にまわされる。

「タカ……タカ……ぁ」

涙で掠れたその声は、しかし、どこか甘えるような響きがあった。

（なでなでしてもらってる……タカがわたしをなでなでしてる……）

撫でられるたびに胸に充満していた悲しみが少しずつ霧散していく。

(タカの手、あったかいよお……)

悲しみの代わりに、温かい気持ちがゆっくりと注がれてくるのがわかる。

(ズルい……タカ、ズルいよ。こんなことされたら、もう怒れなくなっちゃう)

柚姫からのメールを見たときは、本気で怒るつもりだった。

死ぬほど叱って脅して怒って、そして最後には柚姫と別れて自分と付き合えと命令するつもりだった。

だのに、「柚姫とエッチしたのか」という問いにうなずくのを見た瞬間、薫はもう自分でも理解不能なほどの激情に襲われ、気づいたら泣いていたのだ。

すべてにおいて宿敵である柚姫に先を越された悔しさでもなく、
自分のモノだと思っていた後輩が勝手なことをした憤《いきどお》りでもなく、
自分ではなく柚姫が選ばれたことへの恨みでもなく、
ただ純粋に、ただ単純に、

「タカが自分から離れていく」

そのことが悲しくて寂しくて、薫は号泣したのだ。

貴寛と出会って五年。常に側にいて、これからもきっといると信じていた少年が自分とは違う女と一緒に去っていくかもしれない。

そう思った瞬間、信じられないほどの恐怖が薫を襲った。

(わたし、こんなにタカのことが好きだったんだ……)

流した涙の量は、つまり、貴寛への想いの強さでもある。

「ごめんなさい。ごめんなさい。ごめんなさい……っ」

「バカ。どうしてお前が泣くのよ?　泣きたいのはこっちなのに。……タカのバカ」

「ごめんなさい……っ」

薫が泣きやんだのと入れ替わりに、今度は貴寛が泣いていた。

(もう……そんな顔されたら、許すしかないじゃないの。バカ)

優しすぎる後輩の胸にもう一度身体を預ける。

「本当にごめんなさいって思ってる……?」

「はい、思ってます、反省してますっ」

「じゃあ、もっとなでなでして。いいって言うまで、このままなでなでしてて」

「は、はいっ」

(んふ……なでなで……タカのなでなで、気持ちイイ……!)

薫の口もとに笑みが浮かぶ。

背が高くてあまり女の子っぽくないと評されつづけてきた薫だったが、本当は甘えん坊だった。

「はふぅ……タカ……ぁ」

大好きな男の子に優しく抱きしめられたまま、そっと頭を撫でてもらうのがずっと夢だったのだ。

（えへへ……タカ……大好き……っ）


どれほどのあいだ撫でてもらっただろうか。

あれだけこぼした涙はすっかり乾ききっているから、かなりの時間、薫は貴寛に甘えていたことになる。

（もっとなでなでしてもらいたいけど……）

本音を言えばもう少しつづけてほしかったが、今はもっと重要なことがある。後ろ髪を引かれる想いで、薫は後輩の胸から顔をあげた。

「薫先輩……」

「反省、してる……？」

「は、はい」

「ホントに？」

「はい」

「じゃあ、これからどうすればいいか、わかってるよね？」

「わかちゃん……あ、えっと……」

「わからないの？」

「はい。ごめんなさい……」

薫が怒ったと思ったのだろう、叱られた子犬のような顔でうつ向く。

「もう、だからタカはダメなの。わたしがついてないと、ホントにお前はダメな男の子なのね」

後輩少年の顎を指で持ちあげ、その情けなくも可愛い顔を自分に向ける。

「タカは、わたしのこと……嫌い？」

ぶんぶん。

「じゃあ、好き？」

こくこく。

「なら……抱いてくれる？」

こ……く？

「なによ、その斜めの動きはっ。男ならはっきりしなさい、はっきり！」

貴寛の顎をつかみ、無理やり縦にうなずかせる。

「だ、だって……そんないきなり……っ」

「じゃあ聞くけど、柚姫とはいきなりじゃなかったの!?」

「あうっ」

「昨日の今日だもん、どーせあのチビっ娘が強引に迫ったんでしょ、そんで、どっかのバカでスケベで節操なしの浮気者があっさり流されたんでしょ⁉」

貴寛はなにか言いかえそうとしたが、そんな隙は与えない。

「なら、今だって一緒でしょ？　バカでスケベで節操なしの浮気者のタカは、これから強引に迫られちゃうの。……いいじゃない、一度やっちゃったんだから、二度も一緒でしょ？」

つかんだままの顎を引き寄せ、唇を近づける。が、二人の唇が接する寸前、貴寛が薫を振り払う。薫の視界が再び涙で揺らぐ。

「なん、でよ……どうしてアイツならよくて、わたしじゃダメなのよお……」

一度とまった涙がまた溢れてくる。

「柚姫みたいに小さくて可愛い女の子じゃないと抱いてくれないの……っ⁉」

「違っ」

「背の高い女の子じゃダメなの？　髪が長くないとダメなの？　肌が白くてすべすべじゃないとダメなの？　あちこち傷だらけの、まるで男の子みたいなわたしなんか、抱きたいとも思わないの……⁉」

最初は泣き声で、最後は絶叫に近かった。

（そうなんだ……やっぱりタカも、柚姫みたいな可愛い女の子がよかったんだ……わたしみたいながさつな女の子、嫌いだったんだ……っ）

絶望に沈みそうな薫を、口下手な少年の一言が寸前で救う。

「薫先輩は、可愛いです……っ」

さっきと同じように抱きしめられる。違うのは、薫を引き寄せる腕に力が入っていることだ。けれど今はその息苦しさが嬉しい。

「僕、先輩より可愛い人を知りませんから。初めて会ったときから今日まで、いつもいつもどきどきしてます……！」

その言葉が真実である証拠は、耳に伝わってくる激しい鼓動で充分すぎた。

「わたし、可愛い……？　でも、今までそんなこと、言われたことない……」

「みんなが間違ってるんです。先輩は可愛いです。可愛すぎるくらい可愛いですっ」

「バ、バカ、そんなに何度も可愛いなんて言われたら……わたし、嬉しくてとろとろに蕩《とろ》けちゃうじゃないの……っ」

貴寛の胸板に頬ずりしながらつぶやく。それは自分でも知らなかったような甘い声だった。

「可愛いです。先輩は……薫ちゃんはすごく可愛いですっ」

「なっ……!?」

面と向かって薫ちゃんと呼ばれたのはいつ以来だったろうか。

「お前はホントにズルい！　こんなときにそんなふうに呼ばれたら……わたし、もう……もう我慢できなくなっちゃうじゃない……んっ」

上体を伸ばして、素早く貴寛の唇を奪う。

「っ!?」

「今の、わたしのファーストキスだよ？　次は……わたしのヴァージンも、タカにあげちゃう……っ」

（柚姫のアホのことなんて思いださせる暇をあげないからね！）

一度決めたらもう後ろは振り向かない。細かいことは考えない。考えても無駄だから。

「今さら逃げるなんて許さないから。年上の女の子をこんなにとろとろにした責任、ちゃんととりなさいよ？」

自らベッドにあがり、あお向けに寝転ぶ。

そのまま両手を差しだし、「早く来なさい」と年下の少年を誘う。

「で、でも僕は」

「うるさいよ。わたし、お前に抱いてもらうって決めたんだから。もう決定なの。タ力に拒否権はないの！　逆らったらひどいわよっ」

柚姫への罪悪感があるのだろう、貴寛はまだ躊躇《ちゅうちょ》している。

「早く来なさいってば！　それとも、さっきのは嘘だったの？　わたしのこと可愛いって言ってくれたの、やっぱりその場しのぎの嘘だったの!?」

「違うよ！　僕は薫ちゃんのこと、本当にずっと可愛いって……あっ」

あお向けのまま制服を脱ぎはじめた薫を見て、貴寛は言葉を失う。

（ふん、ようやくわたしが本気だってわかった？　ほら、早く来なさいよ、この意気地なし！　お前がもっと早くわたしのこと襲ってくれてたら、柚姫なんかに先を越されなかったのにっ）

制服の上着を捲《まく》り、スポーツブラに包まれた胸を曝けだす。薫が、唯一自分の身体で自信があるのがこの豊かに育ってくれたバストだった。

（横になってればあんまり背の高さも気にならないだろうし……あっ！）

ブラの谷間からかすかに漂ってくる汗の匂いに、薫が青ざめる。

「ま、待った！　タ、タイム！　タイムアウトお願いしますっ！」

（シャワー浴びてない！　やだ、思ってたよりずっと汗臭い!?）

しかし、少しだけ遅かった。

「ダメ。薫ちゃんが可愛すぎるから、僕、もう……っ」

年上少女の誘惑に屈した貴寛が、すでに薫にのしかかっていたのだ。

「ああっ!? や……ンン……っ!」

(キス、されてる……タカからキスしてもらってる……ぅ!)

先ほどの不意打ちキスとは違う、しっかりと情念のこめられたキスに、次第にこのままでもいいか、という気分になる。

(あ、舌……やだ、タカの舌が入ってくるぅ……ん……んん……ぅ)

薫は抵抗しなかった。唇を緩め、後輩の舌にすべてを委ねる。

「ん……んちゅ……くちゅ……ぴちゃ……っ」

貴寛の舌はていねいに薫の口内を愛撫してくれた。キスがこれほど気持ちのいいものだと薫は初めて知った。

(すごい……これが大人のキスなんだ……)

この幸せなキスを柚姫が先に経験したことへの嫉妬が増す。

(もう離さない……タカはもうわたしだけのモノにする……!)

舌を委ねたまま、貴寛の手を取る。スポーツブラをずらし、窮屈な拘束から放たれたたわわな双丘に両手を導く。

「ん……っ!」

生まれて初めて他人に触れられた乳房から、痺れるような快感がひろがった。

（す、ごい……おっぱい触られただけなのに……ぃ）

乳首が勃起しているのは見なくてもわかった。

（ヤン、知られちゃった……先っちょ尖《とが》っちゃってるの、タカにバレちゃったよお）

敏感になった先端の突起が手のひらで優しく転がされ、つぶされる。

「んんーっ！　んっ……ああ、そ、それダメぇ……やっ……タカの触り方、やらしいよお……んん……ぅ」

「だって……ああ、薫ちゃんのおっぱい、大きくて柔らかくて……！」

見ると、貴寛は夢中になって乳房をいじっていた。薫が痛がらないよう優しいタッチではあったが、根元から先端にかけてまるで母乳を搾るように巨乳を揉んでくる。

「そ、それダメ、そんなふうにおっぱいいじるのダメぇぇ！　やあ、出ないから、そんなことしても、わたし、まだおっぱい出ないんだからぁ！　あひぃっ！」

今度はしこった乳首を口に含まれた。

（す、すごいぃ、おっぱい、痺れちゃう、気持ちよすぎておかしくなっちゃうぅ）

マッサージしながら貴寛を使っての自慰をしていたせいだろう、薫の肢体は驚くほど過敏になっていた。

「ダメ、おっぱい吸ったらダメなのっ……あっ、舐めないで、あ、こらぁ……やあン、わたし、汗かいてるのにぃ……やだやだ、ぺろぺろするのやだァ！」

「薫ちゃんのおっぱい、ちょっとしょっぱくて美味しいよ?」

「バカっ……タカのバカ、バカバカ！　女の子に汗が美味しいなんて……バカぁん！」

汗の味を言われるのは死ぬほど恥ずかしかったのに、薫は顔がにやけるのをとめられなかった。

(とろとろになる、わたし、このままとろとろに溶けちゃう……！)

揉みつづけられた乳房はすでに芯から蕩《とろ》けさせられ、まるでつきたての餅のように貴寛の指の間からむにゅりとはみでている。

尖《とが》った乳首は唾液で濡れ光り、もっとしゃぶってほしいと小刻みに震える。

「やぁン……タカ、エッチだよお……わたしヴァージンなのに、こんなに蕩けちゃってるよお」

今までに見たことがないほど膨張した自分の乳首を見て、薫が甘えた声をあげる。

「ねえ、もう我慢できないよ……わたし、早くタカとひとつになりたい……タカの、タカだけの女の子にして……っ」

潤んだ瞳で一つ年下の少年を見つめたまま、スカートのなかに手を入れ、自分でショーツを脱ぐ。クロッチが秘裂から離れるときに、湿った感触がしたのは、それだけ愛液で濡れていたせいだろう。

おそらくはびっしょりと恥ずかしい汁で汚れているはずのショーツを素早くベッド

の下に隠し、ゆっくり脚を左右に開く。

秘所はスカートで隠れているが、それでも泣きたいくらいに恥ずかしい。

「タカ……来て」

両手で顔を覆い、さらに脚をひろげる。潤んだ秘壷にひんやりとした外気を感じる。

「で、でも」

「同じこと言わせないで。……わたしのこと、ホントに可愛いって思ってくれてるなら……好きなら、ちゃんとわたしを女にして。柚姫と同じにして……!」

柚姫に嫉妬《しっと》し、貴寛に発情した今の顔を見られたくない。

顔をガードする手のひらに顔の火照《ほて》りが伝わってくる。びっくりするほど頬が熱い。

(あっ……タカがスカート捲《めく》ってる……わたしのアソコ、見られちゃう……あっ、どうしよう、アソコ、きっと蒸れてる……匂っちゃうよお)

汗と発情臭を嗅がれてしまう。嫌われてしまう。

そんな懸念を吹き飛ばすように、貴寛がまた魔法の呪文を呟く。

「薫ちゃんのココ、すごく綺麗。それに……恥ずかしがるところも可愛い……っ」

「やっ、バカ……そ、そんなところ褒められても嬉しくなんか……ああン」

言葉で否定しても、身体は正直に応えてしまう。

(ぬ、濡れちゃった、わたし、またエッチな汁、漏らしてる……ぅ)

秘口から新たな樹液が染みだしたのがわかる。まだ誰にも許していない女陰が切なく疼き、ぷっくり膨れてくる。

(やだ、タカのバカっ、これ以上わたしをとろとろにして、どうするつもりなのよっ……ああ、早く、早くどうにかしてよ、もうっ)

そんな心の願いが届いたのかどうか、貴寛が覆いかぶさってくる気配があった。

指の隙間からちらりと覗くと、股間に生えた猛々《たけだけ》しい硬直が目に飛びこんできた。

(あ、あれが……すごい……長いし太いし……それに、変な形……)

腹まで反りかえった砲身に血管が巻きつき、先端からはカウパーが滲《にじ》んでいる。だがこんな凶悪なモノを見ても、不思議と嫌悪感や恐怖感は湧かなかった。

(大きい……あれなら、ちゃんと奥まで届くかな……)

自分の身体が大きいことが強いコンプレックスとなっていた薫は、勃起した肉棒が妙に愛おしく感じられる。これだけ長大なら、こんな大柄な自分ともちゃんと繋がらせてくれるのではないか、という気がするのだ。

「薫ちゃん……本当にいいの?」

挿入を前にして、貴寛が最後の確認をしてくる。薫は小さくこくん、とうなずく。

(もうっ、ここまで来て、なんでまだそんなこと聞くのよっ。女の子がここまでしてるんだから、さっさと奪ってくれればいいのにっ!)

これが貴寛の気の弱さ、そして優しさと充分わかってはいても、まるで焦らされているようで少しだけ苛立つ。

「あっ……んうっ……ん……んんん……！」

薫の許可を得た亀頭がいよいよ膣穴にあてがわれ、ゆっくりと未開の道に侵入してくる。粘膜同士が触れ合う心地よさと間近に迫った初体験への緊張に、薫の肢体がぶるりと震えた。

「あ、キツ、い……薫ちゃんのココ、キツくてなかなか入らない……！」

昨日童貞を捨てたとはいえ、自分から挿入するのはこれが初めての貴寛は、やや焦りながら腰を進めてくる。それがちょうど狭い膣口をほぐすような動きとなり、徐々に肉槍が侵入をしていく。

「んぐっ……アッ……お、大きっ……ンアァ……！」

その太さに対してあまりに狭すぎる膣道が悲鳴をあげる。肉を無理やり引き裂くような激痛に、ショートカットの少女が苦痛の呻きをもらす。

(痛い……でも、これくらい我慢できる……っ)

柚姫に耐えられて自分にできないはずがない。バレーのつらい練習に比べれば、と己に言い聞かせながら、歯を食いしばる。

「あと少し……もうちょっとで……あっ！」

「ひゃうううぅーっ！　うあっ、あっ……っはああぁっ!!」

ぷちん、となにかが弾け飛んだのがはっきりわかった。たった今、十七年間大切に守ってきた純潔を大好きな少年に捧げられたのだ。

（痛い……股関節がはずれそうなくらいに痛いけど……でも、でも……！）

「タカぁ……タカ、タカ、タカ……ぁ!!」

もう離してなるものか、もう誰にも渡さないとばかりに、薫は両腕を貴寛の背中にまわし、ぐっと抱き寄せた。

「痛いよ、タカの、すごく痛いのっ。でも、でも嬉しいの、お前と一緒になれたの、すごく嬉しいのお！」

「薫ちゃん……僕も嬉しいです……んっ」

互いに吸い寄せられるように唇を重ね、すぐに舌も絡ませ合う。

「くちゅ……ちゅぷ、ちゅっ、ちゅぱっ……あむ……ん……こく……こくん」

唾液を吸引し、貴寛の唾液を喉を鳴らして嚥下《えんか》する。

（キス、好きぃ……べろとべろ、すごく気持ちイイ……）

薫を気遣ってだろう、貫通したまま貴寛が動かない。

（優しいな、やっぱり。でも、後輩のクセに生意気……っ）

心配してくれるのは嬉しいが、少しくらい強引にされたい気もする。

「ね、わたし、大丈夫だから。痛いのはバレーの練習で慣れてるから、お前の好きなようにしていいんだぞ？」

唇同士を唾液の糸で繋いだまま、そう告げる。

「わたしを可愛いって思ってくれるなら……動いて。わたしをお前だけの女の子にして。タカにならどんなことされても平気、だから……ああン！」

言い終わらぬうちに、貴寛がピストンをはじめた。

「バ、バカぁ！　そんないきなりなんて……ああっ、あっ、あはあぁ！」

振幅の少ない、小刻みな抽送だったが、破瓜《はか》直後の薫には充分すぎる衝撃だった。

「ご、ごめんなさいっ。でも、薫ちゃんが悪いんだよ、あんな可愛いこと言われたら、僕だって……ああっ、薫ちゃあん！」

「あっ、ああ、激し……ああ、奥に、奥まで来てる……やだ、これ、やだぁ！」

スポーツで鍛えあげられた女肉はみっちりとペニスを包みこみ、少年の欲望を加速させる。

（また大きくなってる……タカが、わたしのなかで膨らんでる……っ）

身体の内側から無理やりひろげられるような感覚に、背中がぞわりとする。

「やっ……あっ、ダメ、もっとゆっくりぃ……イヤ、タカのバカ、壊れちゃうよ、わたし、壊れちゃう……やあっ、バカ……タカのバカァ！」

痛みもひどいが、今まで経験したことのない違和感に薫は戸惑っていた。お腹の中身を乱暴にかきまわされているような圧迫感に、涙が溢れてとまらない。

「ううっ、バカ……タカのバカぁ！」

ぽかぽかと後輩の背中を叩きながら、えぐえぐと嗚咽《おえつ》する。

「だって、薫ちゃんが可愛いから……泣いてる薫ちゃんが可愛いから、腰がとまらないんだもん……ああ、薫ちゃん、すごく可愛いよお！」

「やっ……見ちゃやだぁ！　こんな顔、ダメ、見たらダメぇ！」

「可愛い……薫ちゃんの泣いてる顔も、照れてる顔も、全部大好き……っ！」

「んうっ!?……んっ……んん……ぅ」

（こんなときにキスなんてぇ……ああ、もうどうでもいい、好きにして、わたしのこと、めちゃくちゃにしてよ、もう！）

涙でくしゃくしゃになった顔を隠していた手を再び貴寛の背中にまわす。

「可愛い？　ホントにわたしのこと、可愛いって思ってる？」

「うん」

「じゃあ……いいよ。わたしに気を遣わなくていいから、このままいっぱい動いて。その代わり……ちゃんと可愛いって褒めて。そうしたら……きっと、我慢できるから……！」

貴寛が力強くうなずくと同時に、

「んあぁ!? あっ、ひっ……んやぁっ、やっ、やぁぁ！」

今までとは比べものにならないほど激しく貫かれた。

(す、ごいぃ……これがホントのセックス……あっ、激しい、あっ、あぁぁ！)

貫通したばかりの狭穴を荒々しく掘削される苦痛に、涙がぽろぽろと流れ落ちる。

「可愛い……薫ちゃんの泣いてる顔、可愛い……っ」

「んやぁぁ、やっ……やだやだ……こんな顔見ちゃダメぇ……んんーっ！」

逃げたくなるほど痛くて苦しいのに、たった一言、「可愛い」と囁《ささや》かれるだけで嘘のように苦痛が和らぐ。

「可愛いよ、すごく可愛いよお……！」

それどころか、硬く強張《こわば》っていた膣襞がほぐれていくのがわかる。下腹の奥が蕩けていくのをはっきり感じる。

「あっ、もっと、もっと言ってぇ！ 薫のこと、もっと可愛いって褒めて、タカぁ！」

無意識のうちに長い両脚が貴寛の胴に巻きついていた。両手両脚で後輩を抱きしめたまま、薫は初めてとは思えないほど甘い吐息《といき》をもらすようになる。

「ああっ、嬉しい、嬉しいのぉ！ んひっ、やっ、痛いのに、苦しいのに、お腹が切ないのっ……やあン、蕩けちゃう、タカにとろとろにされちゃうンン！」

貴寛のピストンはもう最終局面に突入していた。

亀頭がときおり薫の最深部に当たり、そのたびに汗まみれの肢体が大きく跳ねる。

「ああ、僕、もう……もうっ」

「ああっ、タカ、来て、わたしに来てぇ！　あぁぁ！」

なかに注いでもらえる。

そう感じた瞬間、薫は全力で貴寛にしがみついていた。絶対に逃がしてなるものかと両足首を重ねてロックする。

「出して、可愛い薫にいっぱいちょうだい……ッ！」

「アッ……アア……！　出ちゃ……ウウッ！」

貴寛が膣内で爆発する。

「ヒイッ！……アッ……あひ……ィ……!!」

大量のマグマが薫の最も大切な場所を襲う。

（来、た……貴寛のが奥に来た……ァ！）

溶ける。蕩《とろ》ける。とろとろになってしまう。

大好きな男を子宮で感じながら、薫はぎゅっと貴寛の体を抱きしめた。

Ⅳ　五分五分！～先輩とネコ耳プレイにゃん♥

1　イチャイチャ通学

水曜日の朝は、人生最悪の気分で迎えることとなった。

深夜遅く帰宅したせいでほとんど眠れなかった貴寛は、使う者のいなくなったえさ箱と水桶《みずおけ》を部屋の隅に見て、さらに憂鬱《ゆううつ》な気分になる。

（最低だ、僕……）

カーテンを開けると、貴寛をさらに落ちこませるような曇天が見えた。今にも泣きだしそうな空模様は、まさに今の貴寛の心境と同じだった。

「これからは毎日最低十回は、『可愛い』って褒めて」

「『薫先輩』ってのは禁止。昔みたいに『薫ちゃん』って呼ぶこと。呼び捨てでも可」

「柚姫とは今後いっさい口を利《き》いちゃダメ」

「生徒会長には当然わたしを選びなさい」

「その代わり、わたしの身体は一生タカの自由にしていいから」

昨日の薫の言葉が頭のなかで何度もリフレインする。

(柚ちゃんにつづいて薫ちゃんまで……)

ベッドの上で文字どおり頭を抱える。

「僕、どうすればいいの、うーちゃん……」

応えてくれるはずのない愛兎への問いかけは、あまりに弱々しいものだった。

朝食を断り、暗い顔のまま家を出ると、

「あっ」

貴寛をずっと待っていたらしい薫が立っていた。

「えへへー、来ちゃった。一緒に学校、行こ?」

雨が降りそうな天気なのに、薫のまわりだけは明るく輝いて見えた。こんなに楽しそうな薫を見るのも久しぶりのような気がする。

「並んで学校に行くのっていつ以来かな? 昔は毎日一緒だったのにね。むふっ」

「あっ」

一緒に登校しているところを見られるだけでも危険なのに、薫は腕まで組んできた。

「か、薫先輩、それはさすがに……っ」

「なによ、わたしみたいな大女と腕組むの、イヤなの？　昨日、あれだけわたしのこと可愛いって言ってくれた、あれは嘘だったの……？」

途端に悲しげな表情になる薫に、貴寛がそれ以上強く拒めるはずもなかった。

「ね、約束、覚えてる？　ね、タカってばぁ」

胸をぐいぐいと押しつけながら、一つ年上の少女が甘えた声でおねだりをしてくる。

「今日も可愛いですよ、薫先輩」

薫の耳に口を寄せ、囁《ささや》く。が、薫は唇を尖《とが》らせ、不満を表明する。

「男の子なんだから、ちゃんと約束は守りなさい。じゃないとひどいわよ？　めっ」

おでこを軽く指で弾かれた。

「ほらほら、早く早くぅ」

くりくりっとした瞳を期待に輝かせて貴寛を見つめている。しかも膝を曲げ、こちらに頭を向けている。もう逃げられない。

貴寛は周囲にあまり人がいないことを確認してから、

「薫ちゃんは可愛いです……可愛い女の子です」

ショートカットの頭を撫でながら、約束のセリフを捧げる。

「にゅふふ……んふ……にゃははは」

幼い子供のような満面の笑みに、貴寛も少しだけ気分が晴れるのを感じるのだった。

（おかしい。全然返事が来ない）

一昨日結ばれたばかりの年下の恋人からメールの返事が届かないことに、柚姫は警戒を強めていた。

電話をしても出ないし、二十通ほど送信したメールにもいっこうに反応がない。

早坂家に直接連絡をとることも考えたが、

（居留守ね。イヤなことがあるとすぐに逃げようとするのは貴寛の得意技だし）

つらいことや悲しいことがあると、貴寛はまず自分の世界に逃げこむのが常だった。

そのままだったらただのダメな人間だが、貴寛は時間こそかかるが、どうにかして自分のなかで折り合いをつけて、一応の結論は出してくる。

（ただ、その結論がだいたい見当はずれなんだけど）

そんな後輩は、自分のようなしっかりとした年長者が導いてあげる必要がある。

（あの子の性格はもう死ぬまで治らないから、ちゃんと責任もって、最期まで……一生指導してあげないと。うん）

今回の現実逃避の原因については、もう九割方見当がついている。

昨日の放課後、タッチの差で貴寛をさらっていった薫が諸悪の根源だろう。

（教室だとまわりの目があるから、その前にあの子をつかまえて、問い質《ただ》さないと）

いつもより早めに登校した柚姫は、一年生が使う昇降口で貴寛がやって来るのを待ち伏せする。一昨日とまるっきり同じことをやっていることになる。

「あ」

貴寛の姿が見えた。物陰から出ていこうとした柚姫は、しかし、あわててその場に踏みとどまる。

(な……どうしてあの女と一緒なのよ……っ)

遠目にもわかるくらいどんよりとした空気をまとわせた後輩の隣りには、対照的に腹が立つほど晴ればれとした表情の恋敵がいたのだ。しかも、

(わ、私の貴寛に……!)

周囲の視線にまったく頓着《とんちゃく》せず、堂々と腕を組んでいる。正確に言えば、貴寛の腕に一方的に抱きついている。

「おい、あれ、別府じゃないか、生徒会長候補の」

「なんだよ、カレシいたのかよ!? 俺、狙ってたのに!」

「隣りの男子って、噂の一年生じゃない?」

「え、ってことは、西谷との三角関係は決着したのか……?」

登校中の生徒たちが騒ぎはじめる。今、柚姫がいることがわかったら火に油を注ぐことになる。

二人をもっと観察したい、問いつめたいという気持ちはあったが、

(こ、これで勝ったと思わないことね!)

思いきり負け犬のセリフを胸中で叫びながら、柚姫はいったん、自分の教室へと撤退するしかなかった。

昨日のようにまた一緒に弁当を食べようと思っていた柚姫だが、とてもそんな状況ではなさそうだった。

(せっかく今日もお弁当作ってきたのに。……貴寛のバカ)

ぷう、と頬を膨らませる。

休み時間のたびに貴寛にメールを送りつづけているが、いまだに返事はない。一年生の教室に様子を見に行きたいところだが、今は無理だろう。

(ウチの生徒って……ホント、バカばっかり)

朝、貴寛と薫が二人で腕を組みながら登校してきたというニュースは、すでに全校にひろまっていた。当然、三角関係の当事者と目されている柚姫の元にも報道部が取材に来ていたし(もちろん無視した)、クラスメイトや周囲の生徒たちからも質問や好奇の視線が飛んでくる。

(あの様子だと……薫のヤツ、強引に貴寛を襲ったわね)

単純な薫は思っていることがすぐに顔や態度に出る。あそこまで浮かれまくっているということは、最悪の事態も想定しておかなければならないだろう。気弱で流されやすい貴寛に薫を押し退けられるとは最初から思っていない。思ってはいなかったが、面白いはずもない。

(まったく……私の男になったってこと、もう一度教えてやらないとダメね)

もちろん、薫への対処も考えておく必要があるが、貴寛本人に釘を差しておくほうが優先だ。それには理由がある。

(普段は昼行灯《ひるあんどん》のクセに、こういうときだけ素早く動くんだから、あの人は……っ)

現生徒会長が発表した再選挙に関する決定に対する策も練らなくてはならない。

その決定とは、同票だった次期生徒会長への最後の一票(つまり貴寛の票だ)は、土曜日に投じてもらい、即日開票するというものだ。

今日は水曜日。決戦は三日後だ。悠長にはしてられない。

貴寛と恋人になれるのなら生徒会長は譲ってもいいと昨日の時点では考えていたが、

(許さない。私の貴寛と腕を組みやがったあの大女、絶対に負かしてやるわ)

柚姫は薫への敵対心で漲っていた。

恋も選挙もどっちも勝つ。

そう決心した柚姫は携帯電話に複数のメールを打ちはじめた……。

2　罠

六時間目は担任が先生だったこともあり、他のクラスより若干早くホームルームが終了した。

（今のうちに！）

昨日や一昨日のように報道部や野次馬が押しかけてくる前に教室を脱出することに成功すると、貴寛は一目散に生徒会室へと向かう。

『今日は文化部の見まわりの日。サボったらお兄さんの将来はないと覚悟なさい』

柚姫からのメールにはそう書いてあった。

（うぅ……柚ちゃん、やっぱり怒ってる……）

兄のことを匂わせることはしょっちゅうあったが、ここまで直接的に脅されたことはほとんどなかった。つまり、それだけ腹に据えかねているのだろう。

（メールに返事しなかったのはやっぱりまずかったかも……）

返事を書かなくてはとずっと思っていたのだが、薫とも関係を結んでしまった負い目から、どうしても送信ボタンが押せない。書いては破棄、書いては破棄を繰りかえしているうちに現在に至っている。

（着いたらすぐに謝ろう。とにかく謝ろう。殴られるかもしれないけど……）

貴寛は廊下を全力で駆け、生徒会室に飛びこむ。

「早かったわね。感心感心」

「あ、あれ？」

てっきり無人と思っていた室内には、妙にリラックスした様子で読書中の柚姫が先に来ていた。

「どうしてこんな早くにいるかって？　簡単よ、六時間目をサボタージュしただけ」

「サボ……」

優等生の柚姫が授業をサボったという事実に貴寛が驚く。

「仕方ないじゃない、誰かさんたちのせいで報道部の連中がうるさいんだから」

「う」

やはり朝のことは知られている。貴寛の額にいやな汗がじんわりと浮かぶ。

「校内から人が少なくなるまでここで待機してましょう。小一時間したら、見まわりに行くわよ」

「は、はいっ」

用件だけを告げ、柚姫は再び本に目を戻す。

（怒ってる……やっぱり柚ちゃん、すっごい怒ってる……っ）

一見クールだが、少なくとも貴寛に対してはいつも優しかった柚姫が、今日は目も合わせてくれない。こちらに顔を向けようともしてくれない。

(ど、どうしよう。やっぱり謝らないと……でも、なんて言って謝れば……!?)

額の汗の量がどんどん増えていく。じんわりがだらだらになり、ぼたぼたになる。

部屋の隅でパイプ椅子に小さく座ったまま、ちらちらと柚姫の様子をうかがうが、

「…………」

やはりこちらを見てはくれない。黙々と本を読んでいる。何冊か持ちこんでいるらしく、たまに取り替えてはぺらぺらとページをめくっている。

脂汗《あぶらあせ》を垂らしたまま、じっと時が過ぎるのを待つ。遠くに聞こえていた生徒たちの声が次第に小さくなる。

(つ、つらい……っ)

なにも言われないままじっとしているのは、心底居たたまれない。

(これなら、口汚く罵られたほうがずっとマシだよお)

まるで拷問《ごうもん》のような時間だったが、それもようやく終わりを告げる。

「……そろそろいいかしら。部活やってる生徒は活動してるだろうし、帰宅部もだいたい帰った頃ね」

ぱたんと読んでいた本を閉じ、大切そうに鞄にしまう。

「さ、パトロールに行くわよ」

そう言って立ちあがる柚姫だったが、やはり貴寛を見てはくれなかった。

生徒会の仕事は、大きく分けて二つある。

一つは、文化祭などの行事の準備と実行。一般的にはこっちがメインと思われているが、むしろ大変なのはもう一つの仕事のほうだ。

「今日は漫研とゲーム研と文芸部のチェックよ」

つまり、予算決定を含む各部活・研究会・同好会の管理・監視である。

なにしろこの高校には百近い団体が存在しており、当然、トラブルもその数に比例して多い。

少しでも発生する問題を減らそうと行なわれているのが、生徒会役員による各団体の見まわり及び通称「御用聞き」と言われる意見の直接聞き取りだ。

「アイツら、結果を残してないクセに部費が多い」

「グラウンドをもっと使わせてくれ」

「あそこの部の男子が、女子更衣室を覗こうとしてるみたい」

「隣りの部の騒音がうるさい」

「なんとかして新入部員を勧誘するから、同好会への降格はもう少し待ってくれ！」

などなど、生徒たちの生の意見を集めるのが主な目的だ。

部活側とすれば意見をダイレクトに伝えることができるし、直接は言いづらい他の部への苦情なども生徒会をクッションにして訴えることも可能となる。

一方の生徒会側も、普段から各団体の活動内容をチェックできるし、大きな問題に発展する前に対処することが可能になる。

互いにメリットがあるシステムなのだ。

（生徒会の負担が大きすぎるのがデメリットだけどね……）

多すぎる団体と、少なすぎる生徒会のメンバーによる、一人当たりの仕事量の膨大さだけが唯一の、しかし最大の欠点だった。

「今日はその三つだけでいいんですか？」

いつもは一回の見まわりで十以上の団体をまわるのが常だった。三つというのは明らかに少なすぎるし、

「それにその三つ、先々週にまわってますよ？」

どの団体も、概《おおむ》ね問題はなかったはずだ。強《し》いて言えば、ゲーム研の備品に十八歳未満お断りのゲームがあったことくらいだ。もちろん厳重注意をしてある。

「いいの。後輩は黙って先輩に従いなさい」

柚姫の冷たい声に、貴寛はそれ以上なにも言えなくなる。

いつもだったら横を歩くのだが、今日は一歩後ろをうつ向いたままついていく。

一昨日はあんなにも近かった柚姫の背中が、今日は悲しくなるくらい遠くに見えた。

最初に寄ったのは漫研で、「ありがとう。参考になった」と、柚姫はさっきまで読んでいた本を部長にかえしただけで終わった。

「あの……活動内容のチェックや、意見の聞き取りはいいんですか？」

「それは先々週にやった。次、行くわよ」

次に寄ったゲーム研では「これが例のブツ？　ありがとう」今度は逆に、なにかの袋を受け取っている。

「約束？　ええ、安心して、ゲームのことは黙っててあげるわ。……あ、でも、一つだけ忠告しておくけど……あれ、クソゲーだから。シナリオ、最悪よ？」

えぇー、とすごくいやそうな顔をしていた部長を置いて、最後の目的地である文芸部に向かう。

文芸部は柚姫が所属している部でもあり、わざわざ行く必要もないと思うのだが、下手になにか言ってまた冷たくかえされたら今度こそ立ち直れなくなる。

だから、柚姫の小さく華奢《きゃしゃ》な背中を見ながら黙ってつづく。

「入るわよ」

文芸部の部室は第二図書資料室という名前で、普段はあまり閲覧されないような本が大量に蔵書されている。

古い本特有の匂いがする部屋に入った貴寛は、ここに誰もいないことに気づいた。

「貴寛、鍵、閉めて」

「あ、はい」

言われるままドアに鍵をおろす。施錠させることへの疑問など抱かない。そもそも、柚姫のすることを疑うという選択肢自体、存在していない。

(誰もいないのかな? いつも熱心に活動してる部なんだけど)

部員の多くは女子で、十名ほどが在籍しているはずだ。活動状況も良好で、常に誰かしらがここで本を読んでいたり執筆をしていた印象がある。

「今日はお休みの日だったんですかね。……ん?」

テーブルの上に何冊かの薄っぺらい本が無造作に置いてあった。可愛らしい女の子のイラストが描かれた同人誌だった。

(片づけ忘れたのかな?)

なんの気なしに手を伸ばし、ぱらぱらと捲《めく》ってみる。深い理由はなかった。本当に、ただそこにあったから手に取ってみただけだったのだ。

「うわ!?」

表紙の可愛い少女が、なぜか猫耳と尻尾を生やして、「にゃあん」とか言いながら男とエッチしているという、そんな内容だった。

(こ、こっちのも!?)

他の本の表紙を見ると、どれもみな、猫耳少女が描かれていた。

(まさかこっちも……?)

一応は若くて健康な男子である貴寛、好奇心には勝てず、他の同人誌もチェックしてしまう。

「わわっ……うわわ!」

猫耳少女があはーんなことやうふーんなことをしまくっていた。しまくりだった。

(ま、まずいよ、これ! こんなところに置いたままにして、もし部員以外の人に見られたら……!)

柚姫が所属している文芸部になにかあったらまずい。

とっさにそう思った貴寛は、この猫耳同人誌をひとまずどこかに隠そうと置いてあった数冊を手にする。

さて、どこがいいだろうかと隠し場所を探しはじめたその瞬間、
かしゅん。

乾いた機械音が聞こえた。

「柚姫……先輩……?」

音のしたほうへと顔を向けると、どこから取りだしたのか、薄型デジカメを手にした柚姫が、無表情のまま立っていた。

3　獣のように

(勝った)

シャッターを押すと同時に、柚姫は自らの策が成功したことを確信した。

液晶画面に視線を落とすと、猫耳同人誌を大事そうに胸に抱えた哀れな生け贄の姿が鮮明に写っていた。高画質モードで撮影したから、拡大すれば本のタイトルもしっかりと判別できるだろう。

(さすがコスプレ撮影も得意とするゲーム研。いいデジカメだわ)

さっき部長から受け取ったものの一つがこのデジカメだった。

「え……えっと……その……先輩?」

貴寛は事情があまり呑みこめていないらしく、見るからに混乱していた。

(悪いけど、正気を取り戻す時間はあげないから)

かつかつと大股で貴寛に近寄り、たった今撮影した画像を見せる。

「キミにこういう趣味があったとは、長い付き合いの私も初めて知ったわ」

「ち、違いますっ。僕はただ、ここにあったから」

「あれはウチの備品よ。勝手に動かしていいとでも？」

我ながら意地悪な物言いだと思うが、ここは心を鬼にしてつづける。

「でも、あのままにしておいて誰かに見られたら」

「そんなの文芸部の勝手でしょ？」

「そ、それは……そうです、けど……」

自分の行為がただのおせっかいであると叱責された後輩は、今にも泣きそうだ。

（う。ご、ごめんね貴寛。あとで謝るから……っ）

罪悪感に襲われつつも柚姫はなんとかそれを押しとどめ、作戦を続行する。

「つまり……キミはこのような」

貴寛の手から奪い取った同人誌をぱらぱらと捲《めく》る。

「破廉恥《はれんち》な行為に興味津々ということなのね？　猫耳着けて、尻尾まで着けて、そんなコスプレさせた女の子に『ここが疼くんだにゃん』とか言ってもらいたいのね？」

開いたページにあったセリフを読みあげてやると、貴寛が両手で顔を覆ってしまった。よほど恥ずかしいのだろう。

せっかくだから、別の本からもセリフを読んでみる。

「『やっ……尻尾つかんだままなんてダメにゃあっ！』」

『耳、耳は弱いって言ったにょにぃ！　ふにゃあン！』」

「も……もうやめて……許してください……っ」

耳まで真っ赤にして、貴寛はその場にうずくまってしまう。どうやらこの手の精神攻撃には相当弱いようだ。

(まあ、貴寛だしね)

これ以上いじめるのは哀れなので、ここで許すことにする。

「なるほど、貴寛はこういうのが好みだったのね」

「謝りますから……もう許して……っ」

「ね、どうなの？　正直に答えて。キミ……猫耳、好きなの、嫌いなの？」

「そ、それは……」

「貴寛」

「……たぶん、好き……だと思います。可愛いし……」

「ふうん」

わざと気がないような素振りをするが、本心は違う。

(よかった。嫌いって言われたら全部台無しだもの)

ゲーム研から渡された袋をがさがさと漁り、なかから目当てのものを取りだす。

「なら、こういうのはどうかしら」

ヘアバンド型の猫耳を装備した姿を貴寛に見せる。ほんのり頬が赤らんでいるのは、若干の照れと恥ずかしさのためだ。

「にゃ……にゃあ」

両手を招き猫のように丸め、上目遣いで鳴いてみた。

「あうっ!?」

(あ、効いてる。なんかよろめいてる)

眩しいものを見るような目をした貴寛に、柚姫は己の勝利を確信した。

(動物好きだからこういうのがいいかなって思っただけだけど、成功だったわね)

あまり気に入っていない自分の外見だが、こういうのが似合うことはわかっていた。

「な、なにをしてるんですかっ?」

「なにって……約束を守ってるの。もう忘れたの? 一昨日交わしたばかりなのに。……言ったでしょ、私、キミのペットになってあげるって。……にゃん」

驚いて言葉を失う後輩に抱きつき、胸に顔を埋める。

「ちょっ……先輩!?」

「キミが昨日、ナニをしてたかは聞かないであげる。今朝のことも、見なかったことにしてあげる」

「うっ」

「だけど、一昨日のことは絶対になかったことにしないから」

一オクターヴ低い声で念を押す。

「キミは私の恋人なの。どっかのがさつで下品な乳女のものじゃないの。そこのところ、もう一度確認しなさい。……わかった？」

「あ、あの、でも、僕は」

「返事っ」

「は、はいっ」

「よし。そのことさえわかってるなら、私のこと、好きにしていい……にゃん」

すりすりと、まさに猫のように胸に頬を擦りつける。

「にゃふン……ふにゃぁぁ……ン」

「はうッ！」

猫耳姿の先輩に甘えられた少年の全身が硬直する。

（んふふ、貴寛ったら、こんなことされるのが好きだったのね？）

恋人の新たな嗜好を知ったことで、柚姫は上機嫌だ。

（あんな筋肉バカと違って、私ならキミのこと、いくらでも気持ちよくしてあげられるんだよ？）

一昨日は初体験だったからそんな余裕はなかったが、今日は違う。

「お姉さんに任せるにゃん。そこに座るんだにゃん」

言われるままテーブルに座った後輩の股間に顔を埋める。

「え、あ、ちょっ……あぁぁ！」

ズボン越しに硬くて熱いモノをはっきりと感じる。

「にゃ？　貴寛ったら、もう硬くしてるにゃ？　そんにゃに猫さん、好きにゃの？」

「だって、先輩、ただでさえ綺麗なのに……そんなの着けるなんて反則ですよぉ！」

（やだっ、この子、また私のこと綺麗って言ってくれた……！）

子宮がきゅん、と疼く。

「気に入ってくれたかにゃ？」

「は、はい、すごく！　あ、も、もうそれ以上すりすりしないでください、そんなにされると、僕……っ！」

「ダメにゃん。逃がさないにゃん」

ベルトをはずし、チャックもおろす。トランクスの前開きボタンをはずした途端、

「うにゃっ!?」

猫耳少女に甘えられて興奮した若竿が、ぴたん、と柚姫の頬を軽く平手打ちしながら勢いよく飛びだした。

「ご、ごめんなさいっ」

勃起で先輩少女の頬を叩いてしまったことをあわてて謝ってくるが、柚姫は聞いていなかった。目前に現われた貴寛の肉棒に心を奪われていたのだ。

(うわ、この子ったら、もうびんびんじゃないの。ガマン汁もあんなに……)

間近で見るペニスの迫力と淫らな匂いに、早くも股間が濡れはじめる。

(すごい……これが全部、根元まで私に入ってたんだ……)

改めてその事実に感動する。

(最初は入らないって思ったけど……やっぱり好き合ってる者同士、どうにかなるものね)

見れば見るほど愛おしさがこみあげてくる。

「あ、先輩、なにをっ……うあぁ!?」

(ふふ、貴寛ったら……可愛い)

取り乱した後輩の目を見つめたまま、先走りで濡れ光る亀頭を口に含む。

「ひゃあぁ!?　なっ……ダメです、そんなことしたら……あうッ!」

(なにがダメなの?　こんなに嬉しそうにオチン×ンぴくぴくさせてるクセに)

柚姫の小さな口に貴寛の肥大した先端部は大きすぎるが、なんとか亀頭をすべて咥《くわ》えることができた。

（ン……やっぱり大きいわね。けど……なんだか美味しい。思ったより味は薄いけど……うん、やっぱり美味しいかも）

顎がはずれそうなのでこれ以上は咥《くわ》えられないが、その代わりに口内でちろちろと舌を動かす。

「ひゃあっ……あ、あっ、それダメ……あっ……ああっ！」

（あ、やっぱりココ舐められると気持ちイイんだ？　先っぽのこの穴、舌でちろちろいじられると感じちゃうんだ？）

初めてのフェラチオにもかかわらず、柚姫は冷静だった。何度も何度も妄想のなかでシミュレーションしてあるので、そうあわてることがない。

（男の子は、こっちも感じるのよね？　あと、こういうのもイイんだっけ？）

舌先で尿道口をほじった後は、舌の表面で亀頭の裏側をべろりと舐める。

それに加え、右手で肉筒を上下にさすり、左手をトランクスの前開きに差し入れ、陰嚢《いんのう》をやわやわと揉んでみる。

「ひゃわわ!?　わっ、あっ、あはあぁ!?」

（イイのね？　こういうのも好きなのね、キミ？　いいわよ、キミが望むこと、私ならなんでもしてあげられるんだから）

期待以上の反応を見せてくれるのが嬉しくて、柚姫はどんどん積極的に男性器への奉仕に没頭する。

(男の子のオチン×ンって、ホントに硬いのね。骨がないのに……不思議)

亀頭を舌で舐めまわしつつ、胴部分を手でしごく。硬さと熱さを確かめるようにていねいに細い指を上下させる。

(シコシコされるのも気持ちイイんだ? ガマン汁、また染みでてきたよ?)

ほんのり苦み走った味が口内にひろがる。

(こっちは男の子の急所だから、優しくしないといけないんだよね)

じゅるじゅると大きな音をたててペニスを吸いあげながら陰嚢を揉む。

もっと硬いものかと思っていたのに、びっくりするくらいに柔らかい。

(あ、ホントにタマタマって二つあるんだ。コリコリしてる)

「うっ……あ、そ、それはダメですってば……ああっ」

睾丸《こうがん》をいじるたびに貴寛が脅えた声を出すのが面白かったが、本気で怖がっているようなので、それ以上意地悪はしないでおく。

(男の子のアソコって面白い。それに、イタズラしてるだけなのに、私までエッチな気分になっちゃう……)

スカートの奥でもじもじと太腿をよじり合わせながら、舌と指での奉仕をつづける。

「んむ……ん……ちゅぱっ……くちゅ……じゅっ、じゅるっ……じゅるるるっ!」

「ああ、先輩、そんなに強く吸ったら……あぁ！」

「んー？　これがイイの？　オチン×ンの先っぽ、くちゅくちゅいじられるのも気持ちイイでしょ？　んっ……ちろちろ……ちろっ」

「うあぁっ、そ、それ……あぁッ！」

舌や指でいじりながら、それぞれの反応をしっかり観察しておく。

（なるほど。この子はこんなふうにいじってあげると悦ぶんだ。覚えておこう）

心だけでなく体でもしっかりと自分に繋ぎとめておかなくてはならない。

幸い、柚姫には豊富なエロ知識がある。官能小説と成年コミックとエロゲーとアダルトビデオで蓄積したさまざまな情報を元に実地で経験していけば、貴寛を籠絡できるようになるのはすぐだろう。

（あ。タマタマが迫りあがってきた……射精が近いみたいね）

このままフェラチオと手コキで射精させてあげてもいいが、それはまた今度。

「ダーメ。まだ出したらダメよ」

「そ、そんなっ」

絶頂寸前でいじるのをとめられた貴寛は、情けない声をあげる。あとちょっとの刺激で爆発できたはずの勃起は、柚姫の涎まみれのまま、もどかしげにびくびくと脈打っている。

「私のお口に出したかったの？　ごめんね。そっちはまた今度してあげる。そのときはちゃんと貴寛の精子、ごくごくしてあげるから」

「せ、先輩……あうぅ！」

「にゃっ……ふにゃ……にゃあん……ぺろ……ぺろぺろっ」

貴寛のシャツをはだけさせ、首筋や胸もとを舐めはじめる。

「んふふ、貴寛、やっぱりおっぱいが弱いんだにゃ？」

一昨日と同じように乳首を重点的に責める。

「男の子のクセにこんなに乳首勃起させちゃうなんて……エッチだにゃん。ぺろっ」

舐められるたびにびくびくと反応する様子が愛おしい。

（これじゃ私より貴寛のほうがペットみたい。でもこの子がペットだったら、私、きっと毎日こんなふうにグルーミングしてあげちゃうのに）

「にゃあん……うにゃ……にゅ……にゃうンン……」

猫のように身体をすり寄せ、甘い声を発しながら唇と舌、指を使って年下の少年を悦ばせる。

「どうにゃ？　私みたいなエッチな猫さんでよければ、キミのペットになってもいいんにゃよ？」

散々しゃぶられて硬くなった左右の乳首を、「んにゃんにゃ」と丸めた拳で猫のように撫でてやる。飼い主に甘えるペットの幸せとはこんな感じだろうかと思いつつ、この年下の恋人を舌で舐めまわす。

「うにゃ……にゃ……ん……ぺちゃ……ちゅ……ぺちゃぺちゃ……っ」

猫がミルクを舐めるような音をわざとたてる。本当に自分が貴寛のペットになったようで、不思議な悦びが柚姫を包む。

(ねえ、いいでしょ？　私はいつだってキミのペットになってあげられるんだよ？)

一心不乱にペッティングをしてくる柚姫の愛らしくも卑猥な姿を前にして、貴寛の理性はもはや蟷螂《とうろう》の斧《おの》でしかなかった。

(ああっ、あの柚ちゃんが……あのクールで綺麗な柚ちゃんが、猫耳着けて僕をぺろぺろしてくれてる……っ)

潤んだ大きな瞳に上目遣いで見つめられながら乳首をその可愛らしい舌で吸われる。

「んっ……ちゅ、ちゅっ……ちゅぷ……ちゅううぅっ」

頭を振るたびに猫耳がふるふると揺れ動くのがたまらない。

(こ、こんな……ああ、もう我慢できない……でも、でも……っ)

柚姫は明らかに貴寛が動くのを待っている。早く襲ってと、その濡れた瞳が雄弁に物語っている。

けれど、貴寛の脳裏には昨日の薫の姿がちらちらとよぎるのだ。

（ど、どうすればいい……僕、どっちの先輩も大好きなのに……！）

理性と欲望の狭間で心が揺れ動く。

そんな心の揺らぎを察知されたのだろう、

「……うにゃん！」

「あうッ」

脇腹に軽く歯を立てられた。

「ふううううぅーッ」

恨めしそうに睨めあげるその姿は、まるっきりヤキモチを焼く不機嫌な猫そのものだった。尻尾があれば逆立てていたことだろう。その怒ったような拗《す》ねたような表情があまりにも愛くるしくて、貴寛の理性はますます弱体化していく。

（選べないよ、僕、二人ともずっと好きだったんだから！）

「うにゃっ、にゃっ、うにゃああっ！」

心の声が聞こえたかのように、今度は胸板を爪で引っかかれた。結構痛い。

（ああっ、そんな目で見ないでください……僕、もう限界なのに……！）

責めるだけでなく、なにかをおねだりするような潤んだ瞳と、リボンと一緒に誘うように揺れる猫耳に、ついに少年の脆弱な理性が消し飛ぶ。

「ゆ、柚姫先輩っ！」

じゃれるようにしがみついていた柚姫を一度引き離し、テーブルから降りる。

「うにゃあああんっ」

驚いているのか歓んでるのかよくわからない声を発する猫耳先輩の背後にまわり、その細い身体を強く抱きしめる。

「やぁン、貴寛に犯されちゃうにゃん！　やっ……うにゃあン！」

長い髪のいい匂いを嗅ぎつつ、うなじや耳にキスをする。

「やっ、ふにゃっ……ヤン、そこ、弱いのっ……にゃっ……にゃあン！」

柚姫はびくびくと肢体をくねらせる。

首筋に舌を這わせつつ、制服のなかに手を潜らせ、控えめな膨らみを揉む。

(あ。先輩の乳首、もうこんなに硬くなってる……！)

「うにゃっ、やっ、そこダメぇ！　あン、乳首、指で摘んじゃダメなのぉ！」

敏感になっているのか、あるいは元々乳首が性感帯なのか、軽くいじっただけで柚姫は甘い声をもらし、膝を揺らした。

「先輩、これ気持ちイイの？　先っちょくりくりされるの、感じるの？」

「やっ、バカぁ……女の子にそんなこと聞くなんてぇ……あっ、んん……か、感じてるわ、私、キミに乳首いじられて、いっぱい感じてるわよお！　あぁん！」

小さな突起は指で嬲《なぶ》られてますますその硬度と体積を増す。

「うにゃあん……切ないにゃあん……あっ、あっ……うにゃあンン……！」

乳房と乳首を責められるたびに、柚姫が悩ましげにその細い身体をくねらす。まるで背後の少年を誘うようにヒップが左右に振られ、短いスカートの裾が翻《ひるがえ》る。

（いいのかな……本当にこれ以上のこと、しちゃっていいの……!?）

柚姫は一昨日処女を喪ったばかりだし、ここは校内だ。なにより、昨日薫とも関係してしまったのに、このまま柚姫の肉体を貪ってもいいのかという迷いが生じる。

「ん、もう……言ったはずだにゃん。私はキミの……キミだけのエッチな仔猫ちゃんなんだにゃんよ？」

少年の迷いをまたも的確に察知した年上の少女が、微笑みながらぐいっとその小さなお尻を貴寛のペニスに押しつけてくる。剝きだしの海綿体とスカートの布地が擦れる刺激だけで危うく暴発しそうになった。

「私ね、もう我慢できないにゃよ？　キミのオチン×ンぺろぺろしてたらオマ×コじんじんしちゃってんにゃよ？　発情しちゃってんにゃよ？」

極上の美少女の口から卑猥な単語とセリフが飛びだし、貴寛の迷いを一気に削る。

「ほら、見て。柚姫、こんなに発情してるにゃんよ？」

テーブルに上半身を預けるようにして、自らスカートを捲《まく》りあげ、さらに楕円形の染みが浮いたショーツをおろす。

「これ、全部キミのせいにゃんだから……」

小さく真っ白な臀部と、淡いピンク色のクレヴァスがあらわになる。

「ゆ、柚姫先輩……っ!?」

「エッチな女の子は嫌い？　でもね、私をこんな淫乱な娘にしたのは、キミなんだから。責任……取ってくれだにゃん」

一昨日開通したばかりの秘所は、まだ触れられてもないのに大量の愛液で濡れ光っていた。薄く小さな肉羽がわずかに外側に捲《めく》れ、鮮やかな色の粘膜がのぞいている。

「私、昔からずっとこんなことばっかり妄想してたんだから……」

両手でその肉づきの薄い尻を左右に引っ張る。それにつられて陰唇がぱくりとひろがり、鮮やかな肉色をした膣前庭やヒクヒクと蠢《うごめ》く蜜穴が貴寛の眼前に曝けだされる。

「キミといっぱいエッチなことしたかったの。エッチな本を読んで、いつか貴寛とたくさん恥ずかしくて気持ちイイことしようと思ってたのよ?」

菱形にひろげられた割れ目の奥から、白い本気汁がぬらりと溢れてくる。

「ホントはね、耳だけじゃなくて、お尻にも猫さん尻尾、挿《さ》そうとしたんだよ」

その言葉に、思わず貴寛の視線が尻肉の間にある小さな窄《すぼ》まりに移る。

「だけど、調達が間に合わなかったから、今日は耳だけで我慢して……だにゃん」

と、また招き猫のポーズ。

卑猥すぎる誘惑とその可愛らしい仕草のギャップ、そして赤裸々ではあるが少女の一途な告白に、貴寛の迷いは完全に吹っきれた。

「こんなむっつりな女の子は……やっぱり嫌い……？」

不安そうな少女への返事は、濃厚な口づけだった。

「んむっ!?……んっ……ん……！」

柚姫もすぐに舌を伸ばして応じてくれた。たっぷりと互いの舌と唾を味わう。

「僕、ずっと先輩のこと、好きでしたから」

「今はどうなの？」

「今は……大好きです」

「やン！」

告白と同時に柚姫を組み敷き、限界まで膨張した愚息を膣口にあてがう。軽く触れただけでわかるほど、柚姫のそこは熱を帯びて蕩《とろ》けていた。

「こんなカッコで犯すつもりにゃの？　学校で、制服姿のまま、先輩を立ちバックで犯すつもりにゃのね？　キミ、ケダモノだにゃん」

テーブルにうつ伏せになった柚姫が、嬉しそうに言う。

「だって、先輩は僕のペットなんですよね？　だったら、猫みたいな格好でしちゃいますから」

「にゃあん……嬉しいにゃん……！」

普段のクールなイメージとはかけ離れた柚姫の甘えように、貴寛の胸は高鳴りっぱなしだった。

（柚ちゃんがこんなふうに甘えてくれるなんて……！）

柚姫のこの姿を見られるのは自分だけだという歓びに全身が打ち震える。そして、ペットになると言ってくれたこの美しく淫らな牝猫が愛おしくてたまらない。

「先輩……！」

「あ、い、いきなりぃ……あっ……ふにゃあぁぁッ！」

まだ二度目の挿入ということすら忘れて、貴寛は欲望に任せて一気に柚姫を貫いた。

「にゃっ……にゃあぁッ!!　やっ、奥っ……んにいいぃっ！」

しかし、柚姫の口からあがったのは苦痛の声ではなく、待ちに待った肉棒への歓喜の鳴き声だった。

「うわ、狭い……！」

「あ、当たり前だにゃっ……、わ、私はあんなデカ女と違うにゃん！……あっ、やだ、もう痛くない……二度目なのに、もう気持ちイイにゃあ……！」

狭い膣穴とキツすぎる締めつけは初めてのときと一緒だが、異物を押しかえそうとするのではなく、奥へと引きこもうとする膣襞の蠕動《ぜんどう》が明らかに前回と異なっていた。

「あ、いいにゃ、オチン×ン、感じるにゃっ！」

「先輩のなか、ぬるぬるですごく気持ちイイです……っ」

のしかかるようにしながら、真っ赤になった耳にキスをする。

「うにゃん、み、耳はダメって言ったのにぃ……あぁっ、イイの、貴寛の……ご主人様のオチン×ン、柚姫の奥に届いて気持ちイイのぉ！　ふにゃあン！」

（う、うわ、先輩、キャラが違うっ）

こんなに愛くるしい柚姫は見たことがなかった。新鮮な驚きに欲望が増大する。

「やっ、当たってるっ、キミが、ご主人様が奥をコツコツ叩いてるにゃあん！」

乱暴に扱えば壊れそうなほどか細い腰を引き寄せ、この美しい毛並みの牝猫の最深部を突く。ピストンするたびに下腹部が薄い尻肉に、陰嚢《いんのう》が内股に当たる刺激も少年を昂《たかぶ》らせる。

「イイの、激しくされるの、好きなのぉ！　もっとして、もっと強く突いてぇ！」

（前はあんなにつらそうだったのに……！）

一昨日とは別人のような乱れように最初こそ戸惑ったものの、

「エッチな先輩も綺麗です……ああ、こんな綺麗な猫だったら、本当に飼ってあげたいです……！」

貫かれるたびにがくがくと膝を揺らし、艶めかしい喘ぎ声をもらす年上の少女に、貴寛の心はかき乱されるばかりだ。

「いいにゃん、柚姫、ご主人様の猫ちゃんになるにゃっ！　だから、だから私のこと捨てないでっ、柚姫のこと、ずっと好きでいてっ！」

こちらに向けた瞳には、涙が浮いていた。

「ペットになるから、キミだけのペットになるから、私を捨てちゃやだぁ！」

柚姫の悲痛な叫びに心がわしづかみにされる。

「…………！　捨てるなんて……僕、ずっと先輩のことが好きです、大好きですっ！」

手放さないという意志をこめて、背後から強くこの小さな美猫を抱きしめる。

「にゃあっ、嬉しいにゃあン……あっ、イイ……気持ちイイよお！　あむっ」

柚姫の小さな口が貴寛の指を咥《くわ》え、ちゅぷちゅぷと舐めはじめる。

「来へぇ、ご主人ひゃまのザーメン、柚姫の発情マ×コに飲まへてぇっ」

猫耳を揺らし、淫らなおねだりをする年上の美少女のおねだりに、貴寛のギヤがトップに入る。

「先輩、ズルい！　こんな綺麗な猫にそんなエッチなこと言われたら、とまらなくなっちゃうじゃないですか！」

のしかかるような力強い抽迭に柚姫の踵《かかと》が浮きあがる。二人の動きに合わせてテーブルが揺れ、がたがたと大きな音が響く。

「にゃあっ、にゃっ、にゃあアン！」

「そんなに声を出したら、聞こえちゃいますよっ」

「いいの、ご主人様とエッチしてるところなら、見られてもいいんだにゃん！　にゃっ、そこ、そこ気持ちいいのぉ！　ふにゅうぅン！」

カリカリとテーブルに爪を立て、口もとから涎をこぼす猫耳少女に、もはや平素のクールなイメージはどこにも見出せない。

「やっ、来る、来るにゃ、気持ちイイのが迫りあがってくるにゃあ！」

より深く肉棒を奥へと導こうと貴寛に合わせて尻を振る。

結合部からは幾筋もの白く泡立った汁が垂れ流れ、床にもぽたぽたと落ちていく。

(な、なんだこれ、なかがうねうねして……締めつけてくる⁉)

「あっ、もっもうイク、イッちゃう、私、ご主人様にイカされちゃうにゃん！」

オルガスムスが近づき、テーブルに伏せっていた柚姫の上体がのけ反りはじめる。

「やっ、やだ、来る、来る……ゥ！」

痛みを覚えるほどの膣収縮に、経験の浅い少年もまた一気に絶頂へと導かれてしまう。あわてて腰を引こうとするが、

「らめっ、抜くのらめぇ！　なかに、なかにぃ！」

「で、でもっ」

「お願い、種つけして、牝猫にいっぱい種つけしてぇ！　ふにゃあ!!　イクゥ!!」

ぎくんっ！

柚姫の全身が急に強張《こわば》った。

背中が大きく反りかえり、踵《かかと》を浮かしたまま両脚が強く内転し、極端な内股になる。

「うにゃっ……にゃあぁぁ……イク……イッちゃううぅン!!」

「うあぁッ！」

ペニスが膣奥に引っ張られるような強烈な蠕動《ぜんどう》に、貴寛も一緒に達してしまう。

「うみゅううぅ……ふうぅっ……うっ……うにゃあぁぁ……っ……！」

つま先が正対するほど激しく脚を捻り、淫らな美猫が種つけの衝撃に絶頂する。

「イッ……イック……イッちゃってる……ぅンン……っ！」

歓喜の涙をテーブルにこぼし、柚姫はアクメの余韻に全身を痙攣《けいれん》させるのだった。


「ね……私のこと、嫌いになっちゃった？」

「は？」

柚姫が制服を整えているあいだに、窓を開けて換気をしていた後輩が振りかえる。

「こんなエッチな女の子、やっぱり……引いちゃった？」

一応、自分が普通でないという自覚はある。

「えっと……僕もエッチですから、おあいこ、だと思いますけど」

「ホントにそう思う？」

「え？　あ、はい、もちろん」

嘘がつけるほど器用でないのは重々承知しているので、柚姫は安堵《あんど》する。

「そうね、キミもずいぶんと愉しんでいたようだしね？」

「だ、だって……柚姫先輩にあんなことされたら誰だって」

「私があんなことするの、キミにだけだから。これからも」

ここは大事なところなので、しっかり言い含めておく。もちろん、言葉の裏には、

「だからキミも私以外の女といちゃいちゃするな」

という脅しも含めてある。

「キミがいいと言うなら、今度はこういうのもしてあげるわよ？」

鞭《むち》だけでなく、甘い飴《あめ》もぶらさげておくのを忘れない。

先ほど、漫研の部長から新たに仕入れた「資料」をテーブルの上に並べる。

「さっきの牝猫プレイもこれを参考にしたの。生徒会室で読んでたのもそれ」

資料と称されたそれらの本の表紙には、メイドさんやウエイトレス、巫女さんに裸エプロン、なかには荒縄で拘束された女性などが描かれていた。

「キミはどれがいいの？　選んで」

「え、選んでと言われても、その……あ」

困ったような顔をした貴寛の視線が柚姫に向けられる。

「ん？……ああ、なるほど。貴寛はああいうのが好みだったのね」

柚姫はまだ猫耳を装着したままだった。

「ち、違います、あの、本当に違いま……あっ」

いくら言いわけをしようとも、視線を逸らしている時点でバレバレである。

「いいわよ。じゃあ、これからは私のことをいっぱい可愛がってくださいだにゃ、ご主人様。にゃん」

甘えた鳴き声とともに、貴寛の胸に飛びこむ。

「次は、ちゃんと尻尾を生やしてあげるにゃん。だから」

「……だから？」

「だから、アナルもちゃんと開発してくれだにゃん？」

そう言ってから、柚姫はまた貴寛の胸に顔を埋めるのだった。

V 混戦必至！～部室でトロトロ長身ボディ

1 再決心

昨日の夜から降りだした雨は、木曜の朝になってもまだつづいていた。雨脚は強くなっている。天気予報によると、明日の昼頃まではこんな空模様らしい。

そんな鬱陶《うっとう》しい天気以上に、薫の精神状態もどんよりと曇っていた。

ほんの二十四時間前は真逆だったのだが、今は急転直下、不機嫌そのものといった感じでとぼとぼと学校へと歩いている。

昨朝と同じように早坂家に迎えに行ったのだが、貴寛はすでに家を出たという。一緒に登校できないと知り、足取りが重くなる。天気と相まって、気分まで澱《よど》んでくる。

貴寛とは、二日前と同じようにまた連絡がつかなくなっていた。だから今朝は直接家まで来たのだ。

(えーん、これじゃ一昨日と同じだよお！　柚姫のヤツがタカにちょっかい出したに決まってるよお)

薫が柚姫から貴寛を奪いかえしたように、柚姫もまた、薫から貴寛を奪いかえす。自分がやったことを柚姫もやるであろうことを、迂闊《うかつ》にも薫は見逃していたのだ。

(違う、そうじゃない……油断してたんだ。甘えてたんだ、わたし)

柚姫の行動力だけでなく、貴寛への想いの強さを侮っていた。そして、貴寛の心の揺らぎを見誤っていたのだ。

(タカのヤツ、優柔不断だし、そもそも迫ってきた女の子をはねのけられるような性格じゃないんだよな、あの子)

そんなことは重々わかっていたはずなのに、長年の想いが叶って浮かれすぎたようだ。猪突猛進《ちょとつもうしん》、視野狭窄《しやきょうさく》気味の自分の性格が心底いやになる。

柚姫のことを斬り捨てられない貴寛を憎む気持ちはない……腹は立つが、当然。柚姫が真剣に貴寛を想っていたことはもちろん薫も知っているし、あちらもそれは同じだろう。知らないのは貴寛だけだ。

宿敵ではあるが、そんな柚姫をあっさりと捨てるようなことは貴寛にはしてもらいたくない。そんな冷たい男を好きになったつもりもない。

(でも、やっぱりわたしだけ見ててほしいんだよお)

貴寛には自分だけ好きでいてもらいたいのに、柚姫を簡単に振るようなこともしてほしくない。だけど、柚姫と貴寛をシェアするなんて絶対にお断りだ。あの女とは一生仲良くするつもりはない。生まれながらの敵同士なのだ。

(あ、いい方法がある！　柚姫がタカを諦めればいいんだ！)

それならば万事丸く収まる。

(わたしとタカの間に入りこめないって諦めさせるくらい、イチャイチャすればいいんだ！　そうすれば、あのしつこい洗濯板女も泣き寝入りするんじゃ……！)

まったく同じことを柚姫も考えていたことを、薫はすぐに知ることになる。

昨日の朝、薫がやったように、柚姫が貴寛と腕を組みながら登校してきたと仲のいいクラスメイトが教えてくれたのだ。

(やられた……！)

柚姫の自宅は、薫や貴寛の住む地区の、学校を挟んでちょうど反対側にある。まさかそんな地理的不利な状況でこんなカウンターアタックを仕掛けてくるとは予想してなかった。

貴寛は自分と顔を合わせづらいから先に家を出たと勝手に想像していたが、そうではなかった。柚姫に呼びだされていたのだ。

（柚姫ぃ……！）

宿命のライバルに出し抜かれた悔しさと自分自身への憤《いきどお》りに、薫は握りしめた拳をわなわなと震わせるのだった。

昨日は薫と、今日は柚姫と密着しながら（されながら）登校してきた貴寛は、当然のように周囲からの注目を浴びまくった。

なかにはもちろん好意的とは言い難いものもあり、人から疎《うと》まれることに耐性がない気弱で人見知りの少年にとっては、まさに生きた心地もしない状況だった。

単純に羨まれるだけなら問題ないが（それでも貴寛にはつらい）、二人を天秤《てんびん》にかけるなんて何様だと批判もされたし、運動部・文化部からはそれぞれ支持する会長候補へ投票しろと恫喝《どうかつ》もされた。

ただ、もっとも貴寛が我慢ならなかったのは「あんな一年生を奪い合うなんて、あの二人もタカが知れてるわね」という、一部の女生徒のやっかみだった。

貴寛自身が貶《けな》されるのはまだ理解できるが、自分のせいで大好きな二人の先輩が謂《い》われのない誹謗中傷《ひぼうちゅうしょう》を浴びるのは到底許せるものではなかった。

（僕のせいで薫ちゃんと柚ちゃんが悪く言われるのは絶対にイヤだ）

けれど、それを回避するためには、貴寛がどちらか一人を選ばなくてはならない。

それができないからこの現状があるのだが。

もっとも、どちらか一方を選んだ時点でまた別の問題が発生するのも、これまた火を見るよりも明らかで、とどのつまり、貴寛は頭を抱えてうんうん唸るほかないというのが現実ではあった。

そんなとき、貴寛にある人物からの呼びだしがかかった。間もなく任期を終えようとしている現生徒会長の堀泰子《ほりやすこ》からだった。

「いや、すまなかったな、せっかくの昼休みに呼びだして。どうせ薫と柚姫からも誘われていたのだろう？　モテモテだな、少年」

「あ……あはは」

朝の時点で柚姫から、午前中にメールで薫から、それぞれ昼食を一緒に、という誘いを受けていた貴寛は、曖昧に笑うことしかできない。

この生徒会長と会ったのはまだ数回で、ろくに会話をしたこともない。

つまり、それだけ生徒会の仕事をしていない証左《しょうさ》でもあるのだが。

「それで、お話というのは」

「あ、そんなしゃちほこばらなくていい。メシ食いながら話そうじゃないか」

生徒会室で会長と二人きり、差し向かいで昼食を摂る。

「そう大したことじゃないんだよ。きみが明後日の投票、どうするのかなーって思ってさ。あ、いやいや、勘違いしないでもらいたい。別に興味本位で尋ねてるわけじゃないんだよ？　現会長としてだね、純粋に引き継ぎ作業とかのこともあるだろ？」

（……興味本位なんだ）

「ダメダメ、そんな人を疑うような目で見ちゃダメだって」

「引き継ぎったって……実質、今は薫ちゃんと柚ちゃんの二人が生徒会の仕事、ほとんどやってるじゃないですか」

「ほっほお？」

会長が妙に嬉しそうな顔で貴寛を見る。

「薫ちゃん、柚ちゃん、ねえ？　あの二人、順調にきみを籠絡しつつあるのかな？　でも、まだ互角ってところ？　きみ自身はどうなの、もうどっちか決めた？」

「選べませんよっ、僕、二人とも……薫ちゃんも柚ちゃんも、同じくらい好きなんですから！」

貴寛は椅子から立ちあがり、強い口調で否定する。相手が三年生、しかも生徒会長ということも忘れて、気弱なはずの少年は言葉をつづける。

授業中に教師に指されても赤面して大きな声が出せないほど内向的な少年が、最上級生に食ってかかる。それは普段の貴寛を知る人物であれば、きっと目を疑うような光景であっただろう。

「わかったわかった。ごめん、からかいすぎた」

真顔で謝る会長を見て、はっと我にかえる。

「す、すみませんでしたっ」

貴寛は真っ赤になってぺこぺこと頭をさげる。

「いや、こっちこそすまなかった。……でもびっくりしたよ。そして安心した」

「安心……？」

「うん、きみがあの二人のことをちゃんと想ってたってわかってね。これでも一応、薫と柚姫に悪いことしたなーって反省してるんだよ？　会長なのに、あんまり会長らしいことしてあげられなかったし」

「反省してるなら、もっと生徒会の仕事手伝ってくださいよ……」

「でもほら、明後日には新しい会長決まっちゃうじゃない？　今さら隠居がしゃしゃりでてもねえ？」

誠実さのかけらも感じられない口調で言う。

「私としてはね、再選挙はあの二人へのせめてもの謝罪のつもりだったんだよ。ああすればきみたちの関係、ちょっとは進展するかなーって」

進展しすぎてこんな泥沼になっているのだが。

（けど、この人はこの人なりに後輩のことを考えてくれてたんだ）

泰子への評価を心のなかで上方修正する。

「ただ、もしきみがあの二人のことをいい加減な気持ちで見てるならって心配はしてたんだよね」

「それを聞きだすために呼んだんですか?」

「ま……うん、そうだね。それもある」

泰子、微妙に言葉を濁す。が、お人好しの貴寛はこの三年生を誤解していたことへの申しわけなさから、そのことに気づけない。

もし、この現生徒会長の所属している部活がなんであるか知っていれば、貴寛とてのこのこと一人で出向くことはなかっただろう。

もし、泰子のスカートのポケットにICレコーダーが忍ばせてあるとわかっていれば、まんまとあのようなセリフを口にすることもなかったはずだ。

「今日はありがとうございました」

だが、根っからの善人である少年は、生徒会室を出るときに深々と腰を折り、泰子に礼まで述べてしまうのだ。

「投票をどうするかはまだわかりませんけど……僕なりに考えて、頑張ってみます」

そして、少しだけ軽くなった足取りで教室に戻った貴寛は知らない。

『選べませんよっ、僕、二人とも……薫ちゃんも柚ちゃんも、同じくらい好きなんですから!』


「さすがにこれはそのまま公表できないけど……大スクープね。うふふふ」

レコーダーをいじりながら、どうやって事態を面白おかしくできるか思案している泰子が報道部の部長であることを、そして根っからのお祭り好きであることを。


放課後は、昨日に引きつづき柚姫とともに文化部の見まわりをする予定になっていた。今朝、一緒に登校した際に柚姫に命じられていたためだ。

薫はここ数日、バレー部の練習を休んだり早退していたこともあり、放課後までは貴寛を誘ってはこなかった。

だからこの日はすんなりと放課後の予定が確定するはず……だったが、

「ごめんなさい。急用ができちゃった。いつ終わるかわからないから、先に帰ってて。夜、また連絡するわ」

そんなメールがホームルームの最中に届いた。

この柚姫の急用が昼休みに会っていた泰子が適当にでっちあげた仕事であると貴寛が知るのはもう少し先のことだ。

(どうしようかな、今日は)

普段の貴寛であれば「手伝います」と返事をするところだったが、今は時機が悪い。

また、メールの文面からも「手伝いは不要」というニュアンスが感じられる。

(僕が手伝えるようなら、最初から「手伝いに来て」って言ってくるだろうし)

気が弱く人見知りをする貴寛は、そういうところの機微を読み取る能力に長《た》けていた。いかに人に疎まれないように過ごすかという、生活の知恵である。

柚姫の指示に従い、素直に帰宅するという選択肢ももちろんあったが、貴寛はそうしなかった。少し前までの貴寛なら、先輩の言うことに逆らうことはなかっただろう。本人も気づかぬうちに、ちょっとずつではあるが貴寛の内面に変化が生じてきていた。

毎度おなじみの報道部の取材をタッチの差で切り抜け(今日もホームルームが早く終わったおかげである)、生徒会室に逃げこむ。治外法権のここはひとまず安全だ。

校内をうろつく生徒が減るまで小一時間ほど待機してから、生徒会室を出る。

今日は一人で部活動の見まわりをするつもりだった。少しでも二人を楽にさせてあげたいという純粋な想いからの行動だった。

(本当は運動部のほうをチェックしないといけないんだけど)

活動場所の取り合いがあるため、どうしても運動部のほうにトラブルが発生しやすい。特に夏の大会が近づき、各部の間でグラウンドや体育館などの奪い合いがすでにはじまっていた。

「イヤよ、運動部の見まわりなんて。そんなの、どっかの筋肉バカにやらせておけばいいわ」

柚姫が断固として譲らないので、運動系の団体は完全に薫と貴寛の二人で行なっている（逆に、薫は文化部の見まわりをいやがった）。貴寛一人で屈強な運動部の猛者《もさ》たちと渡り合えるはずもなく、行動するときは常に二人一緒だった。

（どうしよう。僕一人でも大丈夫そうな運動部っていうと……）

今日は頼りにできる薫がいない。そうすると、行ける部の範囲は一気に狭まる。つまり、貴寛だけでも安全な部である。具体的には、グラウンドなどを他の部とシェアしていない部、現状に満足している部、そもそも熱心に活動をしていない部、である。

（待てよ。他にも……あそこなら僕一人でも大丈夫じゃないかな？）

2　女バレの優しさ？

緑桜高校には新旧の体育館があり、薫の所属する女子バレーボール部は新館を使用していた。

数年前に新築されたこの体育館は四階建てで、各階ごとに複数の運動部がシェアしながら使われている。薫たちバレー部は男女ともに三階を割り当てられていた。

（う……眠い……）

このところずっと薫は寝不足だった。

先週は生徒会選挙の準備で忙しかったし、ここ何日かは貴寛絡みで心配して寝つけなかったり、逆に悶々と興奮して眠れなかったりと、とにかく睡眠時間が激減していたのだ。

(大会が近いのに……明後日《あさって》は再選挙なのに……うぅ……ダメ、もう……がくっ)

「キャプテーン、薫がまた落ちましたー」

「あー？　いいよ、もう無視しろ。ふらふらの状態でケガされたら困る。コートの近くだと邪魔だから、誰か部室に放りこんでおけ。寝ときゃ勝手に復活するだろ」

遠くで部員たちの声が聞こえるが、薫の意識はもうこの時点で九割方休眠していた。

(眠いよ、タカぁ……)

瞼《まぶた》を閉じて完全に睡魔に屈する寸前、薫の聴覚は聞き覚えのある声をとらえた。

「すみません、生徒会の者ですが。あ、いえ、正確には代理ですけど」

(タ、タカっ!?)

意識が飛ぶ寸前のところで、薫は現実に引き戻る。薄目を開けて、声のしたほうを見やる。

「あれ？　きみは確か……」

貴寛の相手に出た主将が一瞬、こちらを見たような気がしたので、薫はあわてでまた目を瞑った。深い意味があったわけではないが、なんとなく、寝たふりをしていたほうがいい気がしたのだ。

（どんな顔でタカに会ったらいいかもわからないし……）

タカと会いたい。ちゃんと話したい。もう一度気持ちを伝えたい。

そう想う一方で、今は会いたくない。なにを話したらいいかわからない。タカの気持ちを聞くのが怖い。

まったく逆のことも思ってしまうのだ。

（うぅ……わたし、弱虫だ。タカよりずっとずっと弱虫だ……っ）

今まで自分は心の強い人間だと思っていたが、それはどうやらただの自信過剰だったことに気づかされる。身体だけ鍛えても、心は弱いままだった。

「へぇ、もう他の階も見まわってきたんだ？　薫がいないのに、そりゃまた思いきったことを」

「いえ、実はここだけ……女子バレー部だけのつもりだったんですけど」

寝たふりをしつつ、主将と貴寛の会話に聞き耳を立てる。こんなことをしている臆病な己にますます嫌悪感が増す。

「きみ一人だと、いろいろ無理難題言われたんじゃないか？　この新館は比較的スペースに余裕あるから取り合いにはなりにくいが、予算とかいろいろあるしな」

この新館を主に使用しているのはバレー部と体操部、フットサル部、ダンス部、チアリーディング部だ。女生徒の割合が多いせいか、旧体育館や武道館、グラウンドに比べるとトラブルは少ない。

「えー……フットサル部の部長にはちょっと予算の件でいろいろ言われましたね。あとはチア部が、ライバル校に男子部員がいてウチにいないのは不利だから、誰か使えそうなの調達してこいとか」

（な、あのフットサル部のロンゲ野郎、まだそんなこと言ってやがるのか！　予算欲しければたまには勝てって言ってあるのに！　それにチア部、なにがライバル校だ、あっちは全国準優勝、お前らは地区優勝すらしてないだろうがっ）

寝たふりのまま、怒りで拳を固める。

「……大丈夫だったのかい、きみ一人で」

（そ、そうだ、タカ、殴られたりしなかったの!?）

運動部の人間は荒っぽい輩《やから》が多い。体育会系の世界ではスキンシップで通用しても、一般的にはただの暴力や恫喝《どうかつ》であるようなケースは、残念ながら少なくないのだ。

（特にタカみたいな気弱そうな一年生なんて、絶好のカモなのに……っ）

今頃遅いのだが、薫ははらはらしてしまう。

「ええ、なんとか。頑張ってお話ししたらわかってくれた……ような気がします」

片目だけ開けて貴寛を見てみるが、確かに外見上は無事のようだ。

(でもわからないわ。服の下に痣《あざ》ができてるかも……。あとで確認しないと！)

陰湿な輩《やから》もいるのだ。予断は禁物である。

「へえ、やるじゃない。これなら、薫がいなくてもやっていけるかな？　あ、でも、ウチの部としては薫がきみのパートナーになってくれると、いろいろ美味しいんだけどな」

主将がまたちらり、と薫のほうを見た。口もとには意地の悪そうな笑みが浮かんでいる。狸《たぬき》寝入りをわかったうえでやっているのは間違いない。

(くっ……陰湿な輩がこんな身近にも！　あのロリだけでもうざいのに！)

しかし、一度寝たふりをした以上、今さら「実は起きてました！」とはいかない。

「女バレの視察で最後なの？」

「はい、今日の予定はここでおしまいです」

「ご苦労さん。今のところ、ウチが生徒会に言いたいことはないよ。あとは勝手に視察してちょうだい」

「あ、あのっ」

主将が踵《きびす》をかえそうとしたそのとき、

「ん？」

「あの……薫ちゃ……別府先輩がいないようなんですけど、今日は部活に来てないんですか？　練習してる人のなかには姿が見えないんですが」

話しながらもちらちらとコートを見ていたらしい。ちゃんと自分のことも気にかけてくれていたことに、薫は胸が暖かくなる。

「薫？　あのバカならぐーすか寝て……あ、いや、猛練習のしすぎで、今、そこでぶっ倒れてる」

「ええっ!?」「ええっ!?」（ええっ!?）

貴寛と他の部員、そして薫が同時に叫ぶ。

「あっ……薫ちゃん！」

駆け寄ろうとした貴寛を主将が両手をひろげて制する。相手エースのアタックをことごとくつぶす、鉄壁のブロックである。

「おっと、待ちたまえ、少年」

「薫が寝……倒れてるのはどうしてだかわかるか？」

「え？」

「あの、体力だけが自慢の単純娘があそこまでになったのは、きみのせいなんだぞ？」

「あ……」

思い当たるフシがあるのか、貴寛が押し黙る。

「あいつはまるで、きみのことを忘れようとするかのように激しいトレーニングをして倒れたんだ。見なさい、あの汗まみれの身体を」

「ほ、本当だ……薫ちゃん、汗びっしょりだ……」

(い、いや、これは違うから！　寝不足のせいで普段より汗がいっぱい出てるだけだし、わたしが元々汗っかきなこと、お前も知ってるだろ!?)

よく見ると他の部員のほうがよっぽど汗をかいているのだが、薫が心配でたまらないのだろう、貴寛の目には周囲の光景が映っていないらしい。

「きみがもう一人の会長候補とあそこのバカ、どっちを選ぶかは我々には強制できない。けど、せめて今日だけは……今だけはあいつを介抱してやってはくれないだろうか？　具体的には、お姫様抱っこで、部室まで運んでやってくれると嬉しい」

「え？」(え？)

戸惑う貴寛と薫だが、他の部員たちはなにかを察したのか、ニヤニヤしながらうなずいている。なんだかあまり嬉しくない雰囲気だ。

「ここの部室は設備もよく、空調も入っている。横になるベンチもあるし、シャワーだってある。介抱するにはまったく問題ない。ある意味簡易ホテ……げふんげふん」

「でも、介抱するならちゃんと保健室まで」

「ダメ！　それはダメ！　あそこは人の出入りが激しいからダメ！」

「は？」

（ま、まさか主将……!?）

薫はある可能性に気づく。

「安心しなさい。女バレの部室は鍵もかかるし、防音もしっかりしている。さらにこれから一時間は主将権限で誰もそこには近づかせないから。安心して乳繰り……い、いや、しっかりと薫に付き添ってやってくれないかな？」

（やっぱり……！　ちょっとキャプテン、変な気をまわさないでくださいってばぁ！）

文句を言いたいが、今の薫にはもちろんできない。

「アイツ、あれでもウチのエースだからな、よろしく頼むぞ？……さ、こっちは練習再開だ、ヤるぞーっ！　ずっぽしヤるぞー！」

「オーッ！」

用件を伝え終えると、貴寛の返答を待たずに練習へと戻る主将。妙なかけ声に、部員全員が異様に大きな声で応じるのが腹立たしい。

（ど、どうしよ、さっさと起きちゃう!?　でも、でも……ああ!?）

迷っているあいだに、貴寛がすぐ側に来たのが気配でわかった。その後方で部員たちが息を呑んでこっちをうかがっているのもはっきり感じられる。

（くっ……この野次馬連中がぁ！）

「……ごめんね、薫ちゃん。僕のせいで」

ぽつりと小声で謝罪の言葉が聞こえた。貴寛の声は、今にも泣きそうだった。

(違うの、ただ寝不足ってだけで、お前が気に病《や》む必要なんか……ひゃわわ!?)

貴寛の腕が背中と膝にまわされた。

「きゃーっ!」

仲間たちの黄色い声が飛ぶ。

(や、やめてってば、タカ! 無理よ、わたし、普通の女の子よりずっと大きいんだよ!? お前じゃ無理だってば!……あっ!?)

バレー選手としては武器となるこの体格も、女の子とすればただのコンプレックスでしかない。筋肉質のこの身体は体重だって軽くはない。

(やだよ、タカに「重い」なんて言われたら、わたし、死んじゃう……!)

きっと貴寛は自分を持ちあげることはできないだろう。背負うことならできたかもしれないが、

(そもそも、なんでお姫様抱っこなのよ、キャプテン! 恨むから……末代まで恨んでやるからぁ!)

主将への怨嗟《えんさ》の言葉を胸で叫んだその直後、

(う、嘘……!? タカ……っ!?)

薫の身体は宙に浮いていた。

「きゃあああっ!!」

バレー部員たちの歓声がさらに大きくなる。

「じゃあ、ちょっと部室を……くっ……お借り、します……んんっ」

「はーい、ごゆっくりどうぞー」

薄目を開けると、主将がウインクしているのが見えた。

(キャプテン……ありがとうございま)

あとでお礼を言おうと思ったが、

「頑張れよ!」

親指を人差し指と中指の間に突っこむのを見て、

(……絶対に言うもんか)

そう強く心に誓う薫だった。


フロアから部室まではそう離れていないが、貴寛に抱っこされた薫にとっては、まさに永遠とも思える至福の時間となった。

(ああ、わたし、タカに抱っこしてもらってる……姫抱っこされてるぅ!)

少女趣味の薫の夢は、純白のウェディングドレスを着た自分を、タキシード姿の新郎にお姫様抱っこされることだった。もちろん、新郎は貴寛以外考えられない。

(どうしよう、夢、半分叶っちゃった……ああ、でも……抱きつきたいよお、タカの首にしがみついて甘えたいよお!)

気絶したフリをつづけなくてはならないので(でないと姫抱っこもここで終わってしまう)、そこはぐっと我慢をする。

もっとも、貴寛の我慢はそんなものではないようだったが。

「くっ……うっ……ん……っ」

さっきからなにも言葉を発しないが、お世辞にも腕力が強いとは言えない貴寛にとって、大柄で筋肉質な薫をお姫様抱っこするのはかなりの負担がかかっているようだった。食いしばった口からはつらそうな声しか聞こえてこない。

(ごめんね……でも、もうちょっとだけこうしていたいの……!)

あと少し、あとちょっとだけ……と先延ばしにしていると、いつの間にか部室に到着していた。これ以上貴寛を苦しめなくてすむと安堵《あんど》する一方、もっと抱っこされていたかったとも正直思う。

「……ふう」

額の汗を拭《ぬぐ》いながら、貴寛が薫をそっと革張りのベンチに横たわらせる。

さて、どのタイミングで目を覚ましたことにしようかと悩んでると、ひんやりとしたタオルが額に乗せられた。貴寛が自分のハンカチを濡らして置いてくれたらしい。

(あう、また起きるタイミング逸した……)

でも、貴寛の優しさが嬉しい。

薫のすぐ横に貴寛の気配を感じる。床にひざまずいて、薫を心配そうに覗きこんでいるようだ。心配してくれるのはもちろん嬉しいが、騙している罪悪感もまた大きくなる。

「薫ちゃん……ごめんね」

薫の手がそっと握られる。

「ごめんなさい。僕がはっきりしないせいで薫ちゃんを……柚ちゃんにもいっぱい迷惑かけちゃった」

かろうじて聞き取れるくらいの、独り言のような謝罪。

(ああ、また起きられなくなっちゃったよおっ)

そんな薫をよそに、貴寛の独白がぼそぼそとつづく。

「初めて声をかけてもらったあの日から、ずっと薫ちゃんが好きだった」

(はうっ!　う、嬉しいっ)

「柚ちゃんと同じくらい好きだったんだ」

(あうっ!　う、嬉しくないっ)

「だから、二人から好きって言われて、僕、浮かれすぎてたんだ。諦めてたから。僕なんかが薫ちゃんや柚ちゃんと釣り合うなんて、ただの一度も思ってなかったのに、あんなことになって……」

（…………）

「ごめんなさい。僕、やっぱり薫ちゃんには投票できません」

（なぬ!? そ、それって……わたしじゃなくて柚姫を選ぶってこと!?）

思わず起きあがりそうになるが、

「もちろん、柚ちゃんにも投票しません。だって僕、二人のことが大好きだから。選ぶなんて……やっぱり無理です」

（うぅ……あんな洗濯板より、さくっとわたしを選べばすべて丸く収まるのにぃ）

「責任は……とります」

（責任？　あ、もしかして、わたしと婚約してくれるとか!?）

自分に都合のいい想像をしていた薫だったが、この後、一瞬にして全身から血の気が引くような言葉を聞く。

「お父さんとお母さん、そして兄さんに頼んで……転校させてもらいます」

ずっとずっと悩んでいた。

どうすれば大好きな二人を傷つけずに決選投票を終わらせることができるのかを。

愛兎のいなくなった寂しい自室で、寝ないで何日も考えた結論がこれだった。

逃げるなんて卑怯だと思ったし、両親や兄にも多大な迷惑をかけるだろう。なにより、薫と柚姫を傷つけてしまう。

（きっとみんなに怒られる。殴られるかもしれない）

以前の貴寛であれば、大好きな家族や先輩らに嫌われるかもしれないような行為は絶対に避けていただろう。その場しのぎの解決策を探し、適当にやり過ごしていただろう。

だが、貴寛はそうしなかった。あえて、最もつらい「逃げる」道を選んだ。

つらいことから逃げるのではなく、大切な人たちを守るために逃げる。

本当は家族以外に話すつもりはなかった。そっと緑桜に別れを告げるつもりだった。

けれど、やはり気弱な少年にとってこの決断は重すぎた。薫が寝ているのをいいことに、貴寛はつい弱音を口にしてしまう。

「でも……でも……本当はイヤなんです……僕、ずっと……今までみたいにずっと薫ちゃんや柚ちゃんと一緒にいたい……もう一人はイヤだ……っ」

答えなどもちろん期待していなかった。

弱音を吐けば少しでも気が楽になると思って口にした独り言だったのに、

「……バカだね、お前は。ホントにバカだ」

「薫、ちゃん……っ」

いつの間にか気絶していたはずの薫の顔がすぐ目の前にあった。

「あーあ、男の子のクセにこんなに泣いちゃってー。ホンット、タカって泣き虫だな。小学生の頃から成長してないじゃん」

にっ、と笑いながらくしゃくしゃと髪をかきまわされた。

「ううん、違うね。タカもちゃんと成長してたんだな」

一転、真剣な顔に戻り、貴寛の目尻に浮いた涙を指で拭《ぬぐ》う。

「昔のタカだったら、きっと泣くだけ泣いて、困った挙げ句、きっとその場でうずくまるだけだったろうな」

「お、同じだよ……僕、やっぱり子供なんだ……だって、だって……むぎゅっ!?」

ちょっと湿った、けれど温かくて柔らかいものに顔面が埋まる。薫が貴寛の顔を胸に抱きしめたのだ。

(あ……薫ちゃんの匂いだ……)

初めて会ったときからずっと嗅いできた、汗の甘い匂い。

「わたしだって一緒だよ。わたしもまだ子供。だから、焦らないでいいの。二人で、ゆっくり大人になっていけばいいでしょ、ね?」

優しく穏やかな、あやすような声。貴寛を抱いたまま、優しく頭を撫でてくれる。

(薫ちゃん……)

年上の少女の甘い匂いに包まれ、貴寛は砕けそうだった心がゆっくりと修復されるのを感じていた。


「落ち着いた?」

薫の問いかけに、貴寛は小さく首を縦に振る。その拍子に、乳房に甘い痺れが駆け抜ける。

「ヤン!……タカのエッチぃ」

そう言いつつ、薫は歓びを隠しきれない。貴寛を突き放すどころか、さらに強く抱きしめ、胸に顔面を埋めさせる。

「んむ……っ」

「あ、苦しかった?」

「ううん……こうしてると安心する……」

「ん、もう、タカったら赤ちゃんみたいだぞ? わたしのおっぱい、そんなに好き?」

「うん、好きぃ」

貴寛のその甘えきった声に、薫の母性本能が刺激される。

「えへへ、そうでしょ。おっぱいはやっぱり大きくないとダメだもんね？　女の子のおっぱいは、男の子を幸せにするために膨らんでるんだよ？」

どっかの女とは違うんだぞ、と、ほのめかせる。

（あーん、タカったら甘えん坊さんだぁ。でも、すっごく幸せ！　このままずっとイチャイチャしてたいよお）

ところが、そんな幸福な時間はそう長くはつづかなかった。

「薫ちゃんの匂い、すごく安心するんだ……」

「ふぇぇ!?」

何気ないその一言に、薫はようやく現状を思いだす。

（そ、そうだった！　わたし、練習でいっぱい汗かいて……そのままじゃん!!）

シャツも下着もブルマも、水浴びしたかのように汗でぐっしょり濡れているのだ。

「ダ、ダメぇ！　ダメダメ、ダメぇぇ!!」

「ええっ!?」

いきなり突き飛ばされた貴寛が目を白黒させている。どうしてこんなことをされたのか、理解できていない顔だ。

（バカバカ、タカの鈍感っ！　お、女の子に匂いのこと言うなんて……バカァ！）

さっきまで貴寛が埋まっていた胸を両腕で隠すようにしながら、まだ事態を呑みこめていない後輩を睨む。

もちろん、本気で怒っているわけではない。照れ隠しである。

だが、貴寛の顔は見る見る青ざめ、哀しげに歪んでいく。瞳にはうっすらと涙のようなものまで浮いていた。

「ふえ⁉　な、なんで……そ、そんなに痛かったの、わたし、そんなに強く突き飛ばしてなんか」

あわてて駆け寄り抱き起こす。

「またなの……？」

「え？」

「僕、また薫ちゃんに嫌われちゃったの……？」

「え、ちょっとタカ……お前、なに言って……」

（嫌う？　わたしがタカを？　そんなことあるわけないじゃないの）

ふて腐れたことくらいはあるが、本気で嫌ったことなどただの一度もない。

「だって……あのときと一緒だから。薫ちゃん、あのときも今と同じように僕を突き飛ばして……」

「え、ええ？　嘘、わたしそんなこと……あっ」

突然、二年前の記憶が甦ってきた。

「それってもしかして……一昨年の夏のこと……？」

恐るおそる尋ねた問いに、貴寛は脅えたように小さくうなずいた。


二年前の夏休み。中学最後の大会を目前に控え、その日も遅くまで練習していた薫は、くたくたになって帰宅した。

（そうだ、今日はタカが晩ご飯を食べに来るんだっけ）

貴寛の両親と兄の帰宅が遅いと聞いたので、だったら一緒に食べようと誘ったのはもちろん薫である。

（タカが来るまで……あと一時間あるか。それまで少し寝よう……）

制服を脱ぎ捨て、ショートパンツとタンクトップだけの楽な格好になってベッドに寝転ぶ。設定温度を低めにしたエアコンのスイッチを入れた数分後には、薫は完全に夢の世界の住人となっていた。

（んあ？　思いきり熟睡してた……？　あ、時間大丈夫かな。タカが来ちゃう）

部屋がもうかなり暗い。結構な時間、寝てしまっていたらしい。

（あれぇ？　わたし、こんなのかけて寝たっけ？）

いつの間にか自分のお腹にタオルケットがかけられていることに気づいた。

汗っかきで暑がりの薫は、寝るときは身体になにもかけない。そのせいでよく腹を冷やして痛い目に遭うのだが。

「んー?」

薄暗い部屋を、まだ焦点の合わない目で見渡す。タンクトップのなかに手を入れ、ぼりぼりとお腹をかく。寝ている際に垂らしたのだろう、口もとの涎を手の甲で拭う。

脱ぎ散らかしたはずの制服や下着がちゃんとまとめられているのがぼんやり見えた。

(あー、お母さんが来てくれたのか。だったらそのまま脱衣所まで持っていってくればいいのに。……う、臭い)

徐々に覚醒しはじめた五感のうち、最初に嗅覚が働く。

(やだ、この部屋、汗臭い)

自分でわかるということは相当匂いがこもっているということだ。

(タカが来る前に換気しておかないとダメだな。消臭スプレー、どこやったっけ)

枕もとに置いておいたはずのスプレー缶が見当たらなかったので、部屋の照明を点ける。暗闇に慣れた目に蛍光灯の光が眩しく、目を細める。

「あ、あった。……ん?」

このときになってようやく、薫は部屋に自分以外の人物がいたことに気づく。正確には一人と一匹だったが。

「あ、お邪魔してます、薫ちゃん」

「おばさんが、晩ご飯にはもう少し時間がかかるから薫ちゃんの部屋で待ってろって」

「ひっ……!?」

「あ……ああ……っ」

「気持ちよさそうに寝てて起こすの可哀相って思ってたから、薫ちゃんが自分から目覚めてくれてよかった……薫ちゃん？」

わなわなと肩を震わせる薫の様子に貴寛が怪訝《けげん》そうな顔をする。いつものように肩に乗せられた愛兎のうーちゃんも飼い主を真似て「うきゅ？」と首を傾《かし》げる。

(見られたっ、だらしない寝顔も、はしたない寝相も、脱ぎ捨てた下着も……！)

「い、いつから……いつからそこにいたの……っ？」

「えっと……三十分くらい前、かな？」

「ひいっ！」

悲鳴にならない悲鳴がもれる。

(三十分……三十分も、こんな汗臭い部屋に……わたしの匂い、ずっとタカに嗅がれちゃった……わたしの汗の匂い、全部知られちゃった……！)

貴寛を部屋に呼ぶときはいつも事前に部屋の換気をし、入念に消臭スプレーを撒き、シャワーを浴び、服も着替えていたのだ。今日はそのどれ一つとして実行していない。

帰宅してからでいいやと、あれだけ汗をかいたのに学校でもシャワーも浴びていないのだ。このスポーツブラとショーツだって、かなりの汗や分泌物を吸いこんでいる。

「イヤ……イヤ……ァ……！」

思春期真っ盛り。自意識過剰の少女にとって、これはあまりに絶望的な状況だった。よりにもよって、相手が片想いの相手というのが薫にとっては、そして貴寛にとっても不運すぎた。

「か、薫ちゃん？　どうしたの、具合でも悪いの？」

「バカ……タカのバカ……出てけ、こっから出てけぇ！」

手近にあったものをしゃにむに貴寛に向けて投げつける。

「うわ、わ、わわっ!?」

飛んでくるものからうーちゃんを庇いながら、貴寛が後ずさる。

「嫌い……お前なんか嫌いだ、もう来るな……二度とここに来るな、バカぁ！」

「お……思いだした……」

寝ぼけていたとはいえ、心ない言葉を口にした自分に嫌気が差す。なにより、そんなひどいことを言っておいてすっかり忘れていた己の能天気さにむかむかする。

「あ。わたしの家に遊びに来なくなったのって、もしかしてこのせい……？」

貴寛はなにも答えないが、その無言こそが雄弁に事実を物語っている。

(だから一昨日、わたしが家に誘ったときにあんな変な顔をしたんだ)

あの時点でも気づけなかった己の迂闊《うかつ》さ、がさつさに虫酸が走る。

「そんな……わたしがお前を嫌うわけなんてないじゃないか！」

言ってから気づく。この少年の性格に。

いつでもネガティヴ、常に最悪の事態を想定するような、そういう性格なのだ。

自分に自信がなくて、他人を信じたくて、誰も傷つけたくない、優しすぎるほど優しい貴寛に無造作にぶつけてしまった心ない言葉。

「ご……ごめんね。今さら謝って許してもらえるとは思わないけど……ごめん」

薫は頭をさげた。この程度で償えないとわかっていても、謝ることしかできなかった。

「薫ちゃんは……もう、僕のこと、嫌ってないの？」

「当たり前だっ。だ、誰が好きでもない男にヴァージンをあげるもんかっ」

「よかった」

貴寛の顔に安堵の表情が、そして今度は疑問の色が浮かぶ。

「でも……だったらどうして今、僕を突き飛ばしたの？」

「ど、どうしてって……それくらいわかってよ、もうっ」

薫の顔が羞じらいに染まる。

(女の子に汗の匂いのこと言うなんて……バカっ)

だが、貴寛はまだわからないらしく、やっぱり小首を傾《かし》げている。本気で薫が照れている理由に思い至らないようだ。

「ごめん、やっぱりわからないです。……どうして？」

「だ、だって……わたし、女の子だよ？　こんなに背が高くて髪も短くて筋肉いっぱいだしがさつなんだけど、一応年頃の女の子なのよ？」

「うん。薫ちゃんが可愛い女の子だってことは、僕が一番よく知ってるから」

「あうッ！」

まっすぐな瞳でそんなことを言われたら、変なスイッチが入ってしまいそうだ。

「だ、だだ、だからね、その……そんな女の子に向かって……匂いがどうこうって言うのは、ちょっとデリカシーがないんじゃないのって話よ、もうっ」

耳を真っ赤にして、照れまくりながら言ってやる。

「え、どうして？　僕、薫ちゃんの匂い、昔から大好きなんだけど」

「きゃあああっ！　バカバカ、真顔でなんてこと言うのよ、お前はっ!?」

両手をばたばた振ってあわてふためく。

「でも、本当のことだよ？　薫ちゃんの汗の匂いを嗅ぐと、なんだか安心するし、幸せな気持ちになれるんだもん」

「はうぅ……ッ！」

お世辞など間違っても言えない少年だからこその破壊力だった。そこには装飾などなにもなく、本当の想いがこめられている。

（ダメだ……わたし、この子にまたとろとろにされちゃう……言葉だけでもとろとろに溶かされちゃう……！）

「薫ちゃん……？」

ベンチの上でぐったりとうなだれた薫に、心配そうに後輩が声をかけてくる。

（いいわ、こうなったらもう……とことん溶かされてやるんだから！）

3　全身ぺろぺろ

「あ、あの……薫ちゃん？」

いきなり立ちあがり、おもむろに部室のドアをロックし、ロッカーからバスタオルを取りだした薫を、貴寛が怪訝《けげん》そうな目で見ていた。

（察しなさいよ、この唐変木《とうへんぼく》っ。女の子にこんな準備までさせるなんて……もうっ）

さっきまで横になっていたベンチにバスタオルを敷く。

マッサージも行なえるよう設計されたこのベンチはかなり大きく、簡易ベッドとしても充分に使える。

（とろっとろになってやるんだから！　こうなったらもう、液体になるくらいに蕩《とろ》けさせなさいよね、タカ！）

準備を整え終えると、再びベンチの上にあお向けになる。ユニフォームの胸もとが期待と緊張で忙しなく上下に揺れているのが見えた。

「証拠を見せて」

「え？　証拠……？」

「お前がその……わたしの匂いが好きだっていう証拠よっ」

真っ赤に染まった顔と上擦った声に、ようやくこの鈍感な少年も薫の求めていることに気づいたようだ。薫に負けないくらい、その顔が赤くなっていく。

「言っておくけど、わたし、すごいわよ？　いっぱい汗かいてるし、暑くて蒸れてるし、ユニフォームも下着も、全部ぐちょぐちょよ？　タカはそれでも平気なの？」

ユニフォームの胸もとを軽く動かすだけでびっくりするくらい濃厚な匂いがもれてくる。服のなかはこれの比ではないだろう。

「あ、謝るなら今だからね？　ホントはわたしの匂いなんて嫌いだって正直に謝れば、勘弁してあげるんだからっ。無駄な意地なんて張らないほうが……って……やあっ！」

言い終わらぬうちに、貴寛が薫にのしかかっていた。すぐ目の前に貴寛の顔がある。

「そんなことでいいなら、僕、いくらでもできるから。薫ちゃんの汗が本当に甘くて美味しいってこと、ちゃんと証明するからねっ」

（美味しいって……嘘、今この子、とんでもないこと言わなかった……!?）

匂いに加えて味までチェックされるなど、少女にとっては死にも等しい恥辱である。

「匂いだけでいいんだってば！　誰も味なんて言って……うひゃあっ!?」

ぺろん。

いきなり首筋を舐められた。

「あ、ちょっとしょっぱいかも」

「な、なっ……あひゃふぅ！」

首だけでなく耳や顎、頬、鼻、おでこまで舐められた。それはまるで、犬がじゃれつくような舐め方だった。

「うん、やっぱり薫ちゃんの汗はいい匂いだし、美味しいよ？　ぺろっ」

「やああっ、バカバカ、そんなこと言わなくていいのっ。あふぅっ！」

貴寛犬のペッティングは次第に首から下へと移っていく。

剝きだしの右の肩を舐められ、匂いを嗅がれる。

「うあっ、あっ……そんなとこ、ダメぇ……あっ……やだ……んふぅンン」

二の腕から肘、そして上腕。

「ヤン！　指なんて……やだやだ、指、しゃぶるの反則ぅ！　やーんっ！」

指の一本一本、そして指の間まで舌を這わされた。

（わたしの指、太くて綺麗じゃないのにっ）

突き指を繰りかえしたエースアタッカーの手を、後輩の温かい舌がていねいに、慈しむように舐めてくれる。

（やっ……なにこれ……恥ずかしいのに……すごく嬉しい……？）

真剣な顔で指をしゃぶる貴寛の姿に、妖しい悦びがじわじわと全身にひろがっていく。

「えっ……あ、ちょ……ま、また上にぃ!?」

次は左腕かという予測を裏切り、少年の舌は再び腕を這いあがってくる。

違うのは、さっきよりも身体の内側を重点的に責めている点だ。

（あ、ダメ……やだ、まさかこのままだと……っ）

肘の関節部を舐めた貴寛は二の腕の内側に唇を寄せてくる。このままだと、薫が最も恐れる場所の匂いと味を知られてしまう。

「薫ちゃん……っ」

「やだ、ホントにそこはダメ、そこだけは許してっ……やあああっ！」

貴寛の鼻面がついに腋窩に突っこまれた。少女であれば誰もが隠しておきたい秘密の体臭が嗅がれてしまう。

（ひっ……嗅いでるっ、この子、わたしの腋の匂いをくんくんしてる……ッ）

たとえシャワーを浴びたあとでもここだけは許せないという恥ずかしい場所に、貴寛の鼻と口が潜りこんでいる。

「んひゃあうぅっ!? ひっ……いひっ……やっ……やめ……んひィン!!」

そして、舐められた。

（舐め、てるぅ……この子、わたしの腋の下、ぺろぺろしてるよお！）

敏感すぎる肌へのペッティングは、危うく失禁するかと思うほどの鮮烈な刺激を薫に与えた。くすぐったいだけでなく、どこか官能的な心地よさに総毛立ってしまう。

「やめへぇ……タカ、お願いよお、そこ、そこらけはやめへぇ……ひゃあぁ……っ！」

（ダメなの、汗かいてるんだから、シャワーも浴びてないんだからぁ！）

嫌われてしまう。こんなところの匂いを嗅がれたら絶対に嫌われてしまう。

恥ずかしさよりも、その恐怖が薫を震えさせる。

けれど、この気弱な少年の口からは予想外のセリフが発せられる。

「薫ちゃん、好きぃ……薫ちゃぁん……っ」

「バ……バカぁ、そんなところに顔突っこんだまま言うなぁ……やあン、もう許して、腋はもうやなのぉ！　タカのバカぁ！」

「だって、薫ちゃん、甘くて美味しいんだもん……はむっ……ちゅっ、ちゅぷ」

「ああン！　やン、舐めるのダメ、キスするのも、匂い嗅ぐのも全部ダメぇ！　あっ……あはっ、あはあン！」

羞恥心は消えることはなかったが、嫌悪感が薄れ、その代わりに不思議な歓びが薫のなかで増大していく。

（恥ずかしいけど……でも、なんだか嬉しいよお。ぺろぺろしてくれるタカ、愛しくてたまらない……っ）

女子高生の腋窩を散々嬲《なぶ》り終えた貴寛がようやく顔をあげる。

「バカ……お前のせいでわたし、変な趣味に目覚めちゃったじゃないのっ。責任……ちゃんととりなさいよ？」

羞恥に全身を紅潮させながら、薫は左腕を上に持ちあげる。

「わたしのこと、ホントに好きなら……こっちも……して」

もちろん、この犬のように忠実で可愛い後輩は、喜んで薫の願いを聞き入れてくれた。

「あっ……あふっ、んん……やん……やだやだ……恥ずかしいよお……やぁン」

右腕と同じように左腕も隈なく舐められ、しゃぶられ、嗅がれた。

(とろとろだよお、わたし、またこの子にとろとろに蕩《とろ》かされちゃったよお)

両腕を責め終えたこの後輩は、今度はさらに汗のこもったユニフォームのなかに顔を突っこんできた。

腋の下に比べれば恥ずかしさはまだマシだが、その代わりに汗の量は半端ではない。

「すごい、薫ちゃんの匂いでいっぱいだよ……!」

「言うなってば、もう! あっ、おへそはダメ……やっ、舌でくにくにするのダメぇ! やだぁ! あーっ!」

汗が溜まったへその穴を舌先でほじられた。

「やっ、やだやだ、そこ、ぞわってするからダメだってば! あっ……あーっ!」

汗の浮いた脇腹を丹念に舌の表面で撫でられた。そして、

「ひいン! らめっ、そこ、汗いっぱいだからぁ! やーっ!」

スポーツブラのなかに押しこまれてたっぷりと蒸らされていた乳房を舐めまわされた。

「薫ちゃんのおっぱい、甘くて美味しい……っ」

「やだぁ、そんなこと言われても嬉しくないんだからぁ! あっ、そこダメ、おっぱ

いの下は汗かいてるから舐めるなぁ！　あぁっ！」

表面に浮いた汗ごと、乳房を余すところなく舌と唇で制覇された。もちろん、痛いくらいに勃起した乳首や、恥ずかしく隆起した乳輪までも舐められ、吸われ、甘噛みまでされてしまった。

（気持ちイイっ、恥ずかしいのに気持ちよすぎるぅ！　覚えちゃうよ、わたし、こんな変態みたいなこと、身体で覚えこまされちゃうよお！）

体臭を嗅がれ、汗を舐められ、そして快感を刻みこまれる。

「ううぅ……お嫁さんに行けなくなるぅ……わたし、エッチな女の子にされちゃったよお……タカのバカぁ……うぇええええ……っ」

「か、薫ちゃん!?」

感極まって泣いてしまった薫に、今度は貴寛があわてた。

「バカぁ……もう知らないんだからっ……わ、わたし、もうお前なしじゃ生けていけなくなっちゃったじゃないの……エッチ、スケベ、変態っ……ちゅっ」

泣きながら文句を言い、そしてキスをする。自分でもなにをしているのか、なにがしたいのかわからなくなっていた。

（いいよ、もうどうにでもしてよ……わたし、お前の女になるから。なにがあっても、お前にまとわりついてやるんだから……！）

そんな薫の想いをさらにかき乱すようなことを貴寛がしてくる。

「ご、ごめんなさい。よくわからないけど……その、ごめんなさい」

歓喜の涙を勘違いした貴寛が、薫の頭を優しく撫でてくれた。

（こんなときにそれ、ズルい……とことんわたしを溶かす気なんだ、この子……）

なでなでされるたびに、貴寛への想いが高まっていく。

「ね、タカは私のこと……好き？　可愛いってホントに思ってる……？」

これ以上ないほどの甘えた声で最愛の恋人にわかりきっている答えをおねだりする。

そして、当然のようにそのおねだりは叶えられるのだ。

「大好きです。可愛い薫ちゃんが大好きです……っ」

頭を撫でられながら、可愛いと褒められ、そして愛を囁《ささや》かれる。

「やっ……んっ……んんん……っ!!」

この瞬間、薫は軽い絶頂を迎えてしまうのだった。

4　責任とって♥

「ううぅ、タカのエッチ……スケべぇ……恥ずかしいよお」

薫はベンチを脚をひろげてまたぎ、ヒップを背後の貴寛に突きだす姿勢をとらされた。ベンチに肘をついたまま、不安と羞恥で薫は小刻みに震えている。

最初は足の指や膝も愛撫するつもりだったようだが、サポーターやシューズを脱ぐのが大変だと嘘をついて、それだけはどうにか回避したのだ。

(足の指だなんて、絶対に許さないんだから！　膝だって、サポーターでずっと蒸れてるのに……っ)

そう思う一方、心の片隅では、

(でもいつか……タカがどうしてもって言うなら……)

そんな妖しい期待を抱いてしまう薫であった。

「じゃ、次はここだね」

と、貴寛が告げたのは、もちろん最後の砦、ブルマの奥だった。

(や、やっぱりそこもするんだ……うぅ……恥ずかしくて死にそう……っ)

またいでるベンチの横幅分は絶対に脚を閉じられない。極度の緊張、あるいは期待を含んだ興奮に、サポーターに包まれた膝が激しく揺れる。

バレーの大舞台でもこんなに膝が震えたことはなかった。どれだけキツい練習でも、ここまで心拍数があがったことはなかった。

全身の毛穴がすべて開き、また新たに汗が溢れだす。そのことも薫を苦しめる。

(やだやだ、汗だくだよ、ブルマのなか、ものすごいことになっちゃってるよお)

汗だけではない。薫のその秘部は、間違いなく汗以外の、もっと恥ずかしい体液で汚れているはずなのだ。確認するまでもない。

あるいはすでにその淫らな汁がブルマの表面に滲《にじ》みでている可能性すらある。

「や、やっぱりやめよ、ね、もういいから……あっ……イヤアアアッ!?」

背後を振り向いてそう告げるのが、一瞬遅かった。そのときにはもう、貴寛は薫のブルマをショーツと一緒にぺろんと脱ぎおろしていたのだ。

引き締まった大臀筋を柔らかくコーティングする少女の柔尻には、まるでサウナにこもっていたかのように大量の汗が浮いている。

そして双峰の狭間に隠れていた媚唇にも、べっとりと淫汁がこびりついていた。

じっくりと蒸らされた少女の秘肉は柔らかく蕩《とろ》け、わずかに左右に捲《まく》れあがっている。薄い未発達の肉ビラの奥では小さな、まだ処女のような狭穴が不規則にヒクつく。

「薫ちゃんのここ、いっぱい汗かいてるよ……すんすん」

「うああっ、バカ、そんなところの匂い嗅ぐなぁ!　お、女の子のこと、なんだと思って……んひゃああ!」

全身リップで敏感になっていた女陰に、貴寛の口唇が押し当てられた。薫の半裸身がベンチの上で大きく跳ねる。

(舐め、られたぁ……アソコ、タカに……そんな……あっ……あああ!)

匂いを嗅がれたうえで、今度は味まで知られてしまった。汗だけでなく、発情した女の恥液まで曝けだしてしまった。

「薫ひゃん……んっ……ちゅ、ぴちゃ……ちゅっ、くち……ぷちゅ……」

「うあ、うあぁ……や、だぁ、舐めちゃやだよぉ……嘘、そ、そんなところまで……ダメ、汚いんだかりゃあ……やあン……んあぁ……！」

　そこがどれだけひどい状態かは、薫本人が一番よくわかっている。女として絶対に人に、好きな男に知られてはならない状態なのだ。

だのに、そこを舐められている。匂いを嗅がれている。蕩けはじめた秘肉を指で剝かれ、陰唇の裏側まで舐められ、包皮を剝かれたクリトリスを吸われてしまう。

「イヤ、イヤ、イヤ……こんなのイヤよ……アアッ、タカ、もうやめて……わた、わたし、おかしくなりゅっ、頭がバカになっひゃひゅう……んひゅううンン!!」

　膣口に舌先を挿《い》れられた瞬間、薫はまた達してしまった。

（も、もう無理ぃ……我慢できないい……わたし、おかしくなっちゃってる……！）

　上半身はぐったりとベンチに預けるが、下半身はまるで「もっとして」とおねだりするように高々と掲げられたままだ。新たに溢れた愛液がクレヴァスからベンチへと糸を引いて垂れ落ちる。

「とろとろぉ……タカぁ……わたし、もうとろとろだよお……お願い……もっと蕩けさせて……っ」

　自らの手で尻肉を左右にひろげ、はしたなく挿入をせがむ。

　切なく疼く女体の前では、羞恥心も理性も、もうなんの役にも立たなかった。

「早くぅ……わたし、もう我慢できないんだから……っ」

　初恋の相手である年上の少女の、淫らだが愛らしいおねだりに、貴寛もまたもう我慢の限界を迎えていた。

（あの薫ちゃんがあんな恥ずかしい格好で僕を求めてくれてる……！）

　汗まみれ、汁まみれのバレー部のエースが、自らヒップを左右にひろげ、さっきまで貴寛が舐めまくっていた花唇を剝きだしにしている。

　脱ぎかけのユニフォーム姿というのが少年の背徳感を煽る。

「薫ちゃん……っ」

　興奮に声を震わせつつ、大急ぎでペニスを取りだす。貴寛の若茎は、少女のあまりに甘い匂いと味に、破裂せんばかりの勢いで膨張していた。

「挿《い》れて……タカのそれで、わたしをめちゃくちゃにして……ッ」

「挿れるよ、挿れちゃうよ……くうっ！」

　手を放すとすぐにへそまで反りかえってしまう勃起を強引に押さえつけ、ピンク色の狭い入り口に亀頭をあてがう。

「あっ……あれ……」

だが、うまく角度がはまらない。挿入を失敗するたびに先端が膣周辺を擦り、薫が切なげに呻く。

「バカぁ、焦らすのダメぇ……早く、早くしてよ……あっ……そ、そこ、そのまま、あっ……アーッ！」

「アア！」

ようやく進入角度が合った。ほぐれきった媚粘膜はあっさりと少年の肉槍を受け入れる。

「んひいぃっ！　ひっ、ふひいぃンン!!」

まだ二度目にもかかわらず、薫は苦痛を訴えなかった。それどころか自ら腰を振り、もっと奥に、もっと強くとはしたなく求めてくる。

（僕と薫ちゃん、繋がってる……！）

後背位のせいで、結合部がはっきりと確認できた。己の分身が深々と先輩少女の秘口に突き刺さっているのが余すところなく見える。

「薫ちゃん、僕たち、一つになってるよ……わかる、僕のが全部薫ちゃんのなかに入ってるの……！」

「わ、わかるわよ、わかりすぎるわよお！　やあっ、深い、タカの、長すぎぃ！　やだ、やだやだ……やあっ、奥まで来ちゃってるぅ！」

ベンチに爪を立て、激しく頭を左右に振る。

「二度目なのに、まだ二度目なのにぃ！　あーっ、あっ、あーっ！」

貫通したのが一昨日で、これがまだ二回目の性交。それなのにこれだけ強く悦んでしまう自分の肉体に薫が戸惑っている。

「違うの、わたし、感じてないよっ……イヤっ、あっ、動くのダメ……やっ……やだ……んっ……んっ、んっ……んああん！」

口では違うと言っても、女体の反応は明らかだ。

蕩《とろ》けた媚粘膜が勃起を包みこみ、甘美な刺激を貴寛に送りこむ。

とめどなく分泌されるラヴジュースは真っ白に泡立ち、抽迭のたびにベンチに水溜まりをつくる。

「違うんだかりゃあ、わ、たし、エッチな女の子じゃないん……んっひぃいん！　あーっ、あっ、そこらめっ、そこコツコツしゅるの、りゃめぇ!!」

前回とは違う体位のせいで、擦れる場所、当たる場所が変わっている。そのせいだろうか、薫の反応も違っていた。

(ここ、気持ちイイのかな？　それともこっち？)

薫の反応を見下ろしながら、貴寛が腰の動きをいろいろと変化させる。

突く角度、速度、強度、深度。

「やっ、やめ……こんらの無理、我慢できらいよお！　あーっ、蕩《とろ》けるっ、またっ、とろとろにされちゃひゅっ！」

柚姫と二回、そして薫ともこれで二回目の計四回の経験は、先週まで童貞だった少年をわずかではあったが、確実に成長させていた。気を抜くとこのまま暴発しそうなのは一緒だが、若干、相手の反応をうかがう余裕ができた。

「感じてる薫ちゃんの顔、すごく可愛い……っ」

ピストンしたまま背中に覆いかぶさり、たぷたぷと揺れる乳房を揉みつつ、真っ赤な耳たぶを舐める。

「ひゃあうッ！　らめっ……耳はらめぇ……んっくうぅンン！」

「うあ、締まるっ……薫ちゃん、そんなに締められたら出ちゃうよお」

「タカが悪いのよっ、こんな激しくしながら、そんな……ああんっ」

「だって、こんな可愛い薫ちゃん見たら、動いちゃうよっ」

「ま、また言ったぁ……ズルいっ、こんなときに可愛いって言うなんてぇ……あーっ、ぞわぞわするっ、身体中、ぞわぞわってするゥ！」

ガリガリとベンチに爪を立て、唇の両端からだらだらと涎をこぼす。

だがそんな淫蕩《いんとう》な姿の薫を、貴寛は心から愛しいと、可愛いと思う。

「可愛いよっ、薫ちゃん、すっごく可愛いよお！」

「イヤッ、言わないで、それ反則だからぁ！　イヤアァ!!」

膣襞の蠕動《ぜんどう》がますます激しさを増す。

「ダメ、奥ばっかり突くの、ダメぇ！」

もっと泣かせてみたい、もっと可愛い声を聞きたい。

貴寛の責めは収まるどころか強くなる一方だ。

「ひいっ、ひいいぃっ！　やっ、こんなのやあっ！　感じちゃう、気持ちイイの、ダメぇ！　はううぅっ！」

「好きだよ、可愛い薫ちゃんのこと、大好きだよっ」

うなじに浮いた汗を舐めながら、乳房を荒々しく揉みしだく。しこった乳首を指でこねまわしつつ、膣奥をがんがん責めたてる。

「も、もうっ……もうダメ、わ、わたひ、溶ける、蕩けりゅうぅ！　とろとろになるっ、わたし、またとろっとろにされちゃうぅ！　やああーっ！」

その言葉どおり、薫の全身にはこれまで以上の大量の汗が噴きだしていた。ぽたぽたとベンチに雫《しずく》を垂らすその様は、本当に快楽によって溶けはじめているかのようだ。

「イイっ、イイぃっ！　もっと、もっとして、もっととろとろにしてぇ！」

肉欲に素直になった少女の懇願に応え、貴寛の責めも最終段階に突入する。

薫の肩を甘噛みしながら、息をとめ、全力で腰を打ちつける。

「ひいっ、ひっ、ひいぃ！」

肉槍の先端が最奥を小突くたびに薫がのけ反る。

（あ、薫ちゃんの匂いが強くなってきた……！）

少女の発情フェロモンが部室に充満していく。

「好き、しゅきぃ！　タカ、好きよ、わらひ、お前がらい好きぃンン！　アーッ!!」

「僕も好き、薫ちゃんが好きだよっ！　あっ、出ちゃう、出ちゃうよお！」

内部は蕩《とろ》けきって柔らかい膣壁が、すさまじい圧力で窄《すぼ》まりはじめる。しかもただ締まるだけでなく、射精をうながすような蠕動《ぜんどう》で肉棒を襲うのだ。

「来て、なかに来てっ！　タカでわたしをいっぱいにしてぇ！」

「薫ちゃん、薫ちゃあん……あぅッ！」

互いの名を呼び合いながら、二人がほぼ同時に達する。

「うあぁっ、熱い……熱いのが来た……ぁ！」

どくどくと、若いマグマが子宮を襲う。

「溶ける、溶けるのぉ……あっ……アーッ!!」

熱い精液を流しこまれた薫の絶叫が部室にこだまする。

「どーするのよ、バカ……っ」

部室の隣りにあるシャワー室で、薫は貴寛と抱き合いながらシャワーを浴びていた。

「お前、わたしのなかにあんなにいっぱい出して……ほら、まだ垂れてるのよっ」

貴寛の手を股間に導き、膣道から溢れてくる樹液を示す。

「ご、ごめんなさい」

「わたし、ホントにとろとろになっちゃったんだよ？　お前のせいで、身体の全部、蕩かされちゃったんだよ？　お腹の奥まで、こんなにとろとろにしちゃって……どーしてくれるの？」

「うぶっ」

困ったような顔の後輩を胸の谷間に抱き寄せる。

「やめてって言ったのに、わたしの恥ずかしいところ、全部、ぺろぺろしちゃってぇ……反省してるの？」

「し、してますぅ……反省してますから、その……」

「んー？　なによ、嘘つきぃ。反省してないじゃない、このエッチなオチン×ンはっ」

太腿に当たる硬いモノをぎゅっと握ってやる。

「だ、だって、薫ちゃんと一緒に女子用のシャワールームにいるって思うと……」

「平気よ、まだ練習やってるから、誰も戻ってこないって」

「で、でも」

「ん、もう、タカは本当に心配性だな。わたしが平気って言ってんだから平気なの！」

さらに強くイチモツを握ると、貴寛は腰を引いて逃げようとした。

「ダーメ。逃がさないぞっ。お前にはちゃんと責任とってもらうんだから」

「せ……責任……？」

「わたしをとろとろにした責任。……今度はちゃんと前からしてよね。ちゃんとわたしの顔を見ながら、キスしながら、可愛いってなでなでしながら、もう一度……わたしをとろとろにしなさい。これ、先輩命令だからね！」

そう言って薫は貴寛の唇を奪う。

（とろとろにしてっ、元に戻れなくなるくらいわたしを蕩《とろ》けさせて、タカ……！）

貴寛が舌を伸ばして応じてきた途端、薫の秘口からは残っていたザーメンとともに、新たに分泌された愛液が溢れだしてくるのだった。

VI ついに決着？～二人がかりでラブハーレム

1　お見舞い？

（あ……これは無理だ……）

金曜日の朝、重い体を引きずるようにして起床した貴寛は、体温計を使う前から今日の登校は無理だと悟っていた。

測ってみると、案の定、熱がある。微熱と言ってもいい範囲だが、欠席できる正当な理由があるなら、わざわざ無理して登校したくはない。

母親に「今日は休む」と学校への連絡を頼み、再びベッドに潜る。

体調を崩した理由の心当たりは山ほどあった。

肉体的な疲労や精神的なストレスもあるが、直接の原因は寝不足だろう。

この一週間の貴寛の睡眠時間は三時間あるかないかだ。

（うぅ……腰が痛い……太腿がぱんぱんになってる……）

熱のせいで、疲労していた体のあちこちが痛む。だが、この程度なら半日寝ていれば回復するだろうとも思う。

（どうせなら、明日もこのまま熱が出て休みたいな……）

昨日、一緒に手を繋いで下校するとき、薫は何度もしつこく「転校なんてしたら、わたしだけじゃなく柚姫からも一生恨まれるわよ。それでもいいなら勝手にしなさい」と言われたので、すでに緑桜から転校するという策は中止にした。

貴寛とて、できるなら二人から離れたくなどない。

（じゃあ、明日はどうすればいいんだろ……？）

今日はこのまま病欠で逃げられるが、明日はいよいよ決選投票の日だ。休むわけにはいかない。たとえ休んでも、決断が数日延びるだけでなんの問題解決にもならない。

少し前までの貴寛であれば、それでも目先の平穏のために明日をずる休みした可能性が高いが、今は違う。

（どうすればみんな傷つかずにすむんだろう）

いやなことから目を逸らさず、その解決策を模索する。

もちろん、簡単なことではない。やはり逃避したくもなる。でも、貴寛はそうしなかった。自分でも気づかぬうちに、少年はちょっとだけ強くなっていたのだ。

もっとも、自分の優柔不断さがすべての元凶であることは間違いないし、

(薫ちゃんも柚ちゃんもどっちも好きなんだから仕方ないよね)

と、堂々と開き直っている時点であまり褒められたものでもないが。

ただし、どちらかを選ぶのをやめたことで、多少なりともプレッシャーは軽くなった。二人と同時に付き合えるなどという大それたことは最初から期待していないし、どちらからも愛想をつかされる事態ももちろん覚悟している。

先のことはわからない。だから今は、明日の再投票のことだけ集中して考える。

貴寛は、二人のどちらかだけに投票することはしない。これはもう決めたことだ。

(となると、どっちかに立候補を取りさげてもらうのが一番いいのかな……)

そうすれば表面上は丸く収まる。問題は、あの二人がこれ以上なく犬猿の仲で、負けず嫌いということだ。

(あの二人が互いに譲るなんてことは……ないだろうなぁ、やっぱり)

ベッドに横になったまま、深いため息を吐く。

(……いいや、少し寝よう。おやすみ、うーちゃん)

部屋の片隅に置きっぱなしになっている、愛兎がいたケージをちらりと見てから目を瞑る。

自分以外誰もいない、静かすぎる部屋に寂しさを覚えつつ、貴寛は眠りに入った。

自分以外誰もいない、静かすぎる部屋だったはずだが、

(えーと……僕、まだ夢の住人?)

浅い眠りから目覚めた貴寛の目の前は、賑やかを通り越して騒がしい状況になっていた。

時計を見ると午後の四時。

昼に起きて、だいぶ熱がさがっているのを確認して、薬を飲んで再び眠ったところまでは覚えている。一度トイレに起きたのもぼんやりとだが記憶に残っている。

「お前がうるさいから、貴寛、起こしちゃったじゃないの」

「人のせいにしないでよ、騒いでたのはそっちでしょうが!」

(………やっぱり夢だね、これ)

今、網膜に映った現実を認めたくなくて、貴寛は布団をかぶる。

「貴寛、逃げちゃダメ、逃げちゃダメ」

「タカ、熱、さがった? お見舞いに来たんだけど」

「ちょっと、自分だけいい子ぶらないでよ。私だってお見舞いで来てるんだから」

「ふん、そんなこと言ってるけど、ホントは弱ってるタカを襲って明日の投票を有利

に進めようとか考えてんでしょ、洗濯板」

「自分と同じ基準で物事を判断するなっ。これだから、脳まで筋肉の女は……！」

（あーあー、僕知らない、僕はまだ寝てるの、これは夢なの、悪夢なのー！）

無論、そんな稚拙な自己暗示が成功するはずもなく、また、現実逃避を試みる後輩をいつまでも放っておいてくれるほど、この先輩たちは甘くもなかった。

「貴寛、熱を測りなさい」

薫に布団を捲《めく》られ、柚姫に体温計を渡される。

「……熱はさがったみたい」

デジタル体温計の表示はもう完全に平熱だった。頭痛や全身にあった痛みも引いている。多少体がだるい以外は、もう問題なさそうだった。

「え、ええと、まだちょっと微熱があ」

「平熱ね。よかった、これで心置きなく話ができるわ」

サバを読もうとするより先に柚姫に体温計を奪われ、その目論見はあっさり潰《つい》える。

「…………はい」

観念して、布団から這いでる。ベッドの上に正座し、右の柚姫、左の薫の視線を感じつつ、判決を下される被告人のような気分を味わう。頬を伝い落ちるのは、寝汗ではなく脂汗《あぶらあせ》だろう。

「キミが転校しようなんてバカなことを考えてたのは、そこのバカから聞いたわ」

「なっ……アンタ、人から情報もらっておいてなんだ、その言い草はっ」

「貴寛をそこまで追いこんだのはお前だろ」

「それはこっちのセリフだ、腹黒女！」

「むっ」

「しゃーっ！」

睨《ね》めあげる柚姫と、変な声で威嚇《いかく》する薫。

（あうっ……ど、どうしてこの二人、ここまで仲が悪いの……！）

実家が同業他社というのはただのきっかけにすぎず、もう遺伝子レベルで反りが合わないのだろう。こんなに性格も好みも、そして体格や外見さえも正反対なのに、なぜか男の好みがまったく一緒というのが謎である。

もっともそんな二人を同時に、そして同じだけ好きになった貴寛もあまり人のことは言えない。その意味では、この三人はとても似通っているのかもしれなかった。

「や、やめてよ、二人とも……」

恐るおそる仲介に入るが、

「キミは黙ってて」「お前は黙って見てろ」

と、同時に睨まれる。

「は、はいっ」

貴寛はおとなしく引きさがる。

(あああっ、誰か……誰か助けを呼ばないとまずい……そうだ！)

家には母親がいるはずだ。そう思った貴寛の機先を制するように、薫が口を開く。

「おばさんならさっき出かけたぞ。今日は会社帰りのおじさんと待ち合わせして、一緒に外食してくるそうだ。帰りは遅くなるってさ」

「な、なんで⁉　息子が寝こんでるのに⁉」

「わたしが看病するからって言ったからな。『息子と旦那をよろしくお願いします』って頼まれたぞ」

「お、お母さん……息子を売らないでよ……っ」

そう仕向けたのは、無論、薫だろう。しかし、貴寛にはまだもう一人、頼れる人物がいる。

「あ、貴寛。仁さんね、今日は残業だって。急な仕事で、帰ってくるのは終電間際だろうって言ってたわよ」

貴寛の最後の希望、兄の仁について、なぜか柚姫が説明をする。

「ど、どうして⁉　兄さん、週末はいつも早く帰ってくるのに！　そもそも、どうしてそんなことを柚姫先輩が知ってるの⁉」

「さあ、どうしてかしらね？　そうそう、キミに伝言があるわ。『出世したらなんでも買ってやる。だから頑張れ』って」

「なにを頑張れっていうのさ、兄さん……」

がっくりと肩を落とす。

（ううっ、僕の家族まで、この二人に支配されてる……）

これでもう、貴寛を助けてくれる者はいなくなった。

「なにを今さら。キミは最初から私のモノ。逃げようなんて考えること自体無駄よ」

「おとなしくわたしを選べばいいんだぞ、タカ。そうすればもう苦しむことなんてなくなるんだから」

左右から二人の先輩が迫る。柚姫と薫、タイプはまるで違うが、掛け値なしの美少女たちが自分を選べとつめ寄ってくる。

「ここまでの浮気は許してあげるわ。男の浮気は甲斐性とも言うし。でも、本命は私とはっきりここで宣言しなさい」

「誰にでも気の迷いはある。過ちは仕方ない。だけど、失敗は繰りかえしちゃダメだ。タカ、そこのロリっ娘とは金輪際縁を切れ」

じりじりとにじり寄られる。

「キミが優しすぎるくらい優しいのはわかってるわ。そこのオトコ女に同情してはっきり断れないのも理解してる。だから、私も譲歩してあげる」

そう切りだしてきた柚姫に、貴寛と薫の視線が向けられる。

「明日の再選挙、薫に投じていいわ。それを手切れ金にして、今度こそ私だけのモノになりなさい」

「ふ、ふざけるな！　生徒会長は譲ってやるから、タカを諦めろ！」

「なによ、あんなに生徒会長になりたがってたクセに」

「アンタだって同じだろうが!?」

「生徒会長になれば貴寛を副会長に指名できて、公務で堂々と一緒にいられると思ったからよ」

「わたしだってそうよ！」

どちらにせよ、不純な動機で立候補したわけだ。間違っても生徒たちには聞かせられない問題発言である。

「むー」「がるるるっ」

冷たい視線と唸り声が正面からぶつかり合う。

(あ。今、すごくヤな予感がした)

長くこの二人と一緒にいる貴寛だからこそわかる死の予感。本能的にこの場から逃れようとしたが、不幸なことにそれは叶わなかった。

「どこ行くつもりよ」「逃がさないからな」

右と左の腕を、ほぼ同時につかまれていた。

(こういうときだけ息ぴったりなんて……!)

これまでであれば延々と不毛な言い争い(たまに肉弾戦。凶器攻撃アリのバーリ・トゥードのため、必ずしも薫有利でもない)がつづき、最後はタイムアップというのが常だったが、

「タカも病みあがりだし、もうこんな時間になっちゃったわよ」

「再投票は明日。もういい加減決めないとまずいわね」

午後七時をまわった時点で薫と柚姫がそんなことを言いだした。

(あ、休戦してくれそう……?)

しかし、そんな貴寛の淡い期待は瞬時にして打ち砕かれてしまう。

「仕方ない、こうなったら恨みっこなしの勝負で決めるわよ」

「ふん、いいわ。どうせ勝つのは私に決まってるけれども」

(しょ、勝負? なに、勝負って?)

いやな予感がどんどん増していく。生命の危機が近づいていることを明確に感じる。

逃げろ。遠くに逃げろと本能が警報を鳴らしている。だが、左右をがっちりと固め

られた貴寛にできることは、脅えながら事態の推移を見守ることだけだ。

「あの……勝負って……なにをするの？」

「簡単よ。私とそこの筋肉女とで、キミを襲うの」

「……は？」

「そして、よりお前を悦ばせたほうの勝ち」

「どうせ貴寛は『どっちも気持ちよかった』なんてくだらないこと言うだろうから、最初からキミの意見は無視」

「わたしとそこのペチャパイ女が納得できるまで、勝負をつづけるから。……安心しろって。すぐに決着つくから。今日もわたしのこと、とろとろに蕩《とろ》けさせるんだぞ？」

ぽっ、と頬を赤く染めた薫を、柚姫が不機嫌そうに睨む。

「忘れてないわよね、私がキミのペットだってこと。……にゃん」

招き猫のポーズをしながら可愛い声で鳴く柚姫を、今度は忌々しそうに薫が睨む。

「なにが、にゃん、だ、この化け猫が」

「なにが、とろとろ、よ、とっくに脳が溶けてるクセにっ」

いよいよ二人の最終決戦の火蓋が切られる。

2　ゴスロリ薫

(ふふ、幸先がいいぞ。このまま先行逃げ切り勝ちしてやる)

じゃんけんで柚姫から先攻の権利を得た薫は、まるで試合の前のように、いや、それ以上に興奮していた。

「むぅ」

負けた柚姫は不満そうに部屋の隅で丸まっている。

その柚姫は今、なぜかバニーガールの衣装を身にまとっていた。どうやらあの格好で貴寛を籠絡しようと画策していたらしい。

(姑息な手を使うなよ、まったく)

そうは言うものの、薫もまた、制服から別の衣装に着替えている。

「なあ、タカ。この服、どうだ……?」

「お前みたいな大女に似合う服なんてないわよっ」

部屋の片隅からヤジが飛ぶ。ここから出ていく気はないようだ。貴寛との愛ある行為を見せつけるつもりだったので、薫としても好都合である。

「負け犬は黙ってろ!……な、タカ、どうかな、これ。や、やっぱり変か? わたしには……似合ってない、かな……?」

試合のマッチポイントのときよりもずっと緊張しながら、掠れた声で尋ねる。

(思いきって買ってみたんだけど……ダメかな。こういうのって、やっぱりあそこのバカみたいな女の子じゃないと似合わないのかな……)

しかしそんな不安を一蹴するように、貴寛はすぐに期待を上まわる返答をしてくれた。

「すごく可愛いよ……薫ちゃん、いつもよりずっと可愛いです……!」

「ホ、ホントに!? う、嘘はイヤだよ、ちゃんと……本気で可愛いって思ってくれてる!? わたしみたいな女の子がこういう服着ても平気!?」

「薫ちゃんは可愛いんだってば。僕、何度も言ってるのに」

「だって……やあン、タカったら嬉しいこと言ってぇ……そんなにお姉さんをとろとろにしたいのぉ? もう、エッチっ」

「うわわっ」

へにゃへにゃに緩んだ顔のまま、貴寛を押し倒す。

(そっかそっか、可愛いんだ。わたし、タカに可愛いって思われてるんだーっ)

「ふん。貴寛のバカ。そんな見え見えのお世辞なんか言う必要ないのに……っ」

ふて腐れた恋敵の言葉も、今の薫には負け惜しみにしか聞こえない。むしろ心地よいくらいだ。

薫が着ているのは、いわゆるゴスロリ風のドレスだ。赤と黒の鮮やかなコントラストや、大きく胸もとを強調したデザインが薫によく似合っている。

「えへへ……タカに見てもらおうと思って買ったんだよ？　サイズがなかなか合わなくて、探すの大変だったけど」

身長も高いし、バストも大きい。決して太ってはいないが、筋肉があるため、微妙に肩や腕、腰、そしてヒップがキツい。オーバーニーソックスにいたっては、太腿が発達しているせいで、合うのを見つけたのは最後の最後だ。

（やだ、タカったら……すごいじろじろ見てる。でも……なんか嬉しい。ちゃんとわたしのこと、女の子として見てくれてるんだもん）

ただ見られているだけなのに、どんどん息が荒くなる。

（ちゃんと服を着てるのに、裸より恥ずかしいかも……）

押し倒されたまま、貴寛はずっと薫のドレス姿を真剣に、どこか熱っぽい眼差しで見上げている。ヘアピンを着けた頭から、ソックスに包まれたつま先まで、何度も何度もその視線が行き来する。その熱い目が身体の上を往復するたびに、薫の興奮も高まっていく。

「ねぇ、見てるだけ……？　わたしのこと、見てるだけでいいの？」

生唾を呑みこみつつ、貴寛の両手を胸へと導く。

「あンっ……やだ、おっぱい、いつもより敏感になってる……タカのせいだよ？」

「え、僕の？　どうして？」

「女の子はね、好きな男の子に見つめられると、それだけでエッチになっちゃうの。ほら、先っちょも……ね？」

「あ、本当だ。薫ちゃんの乳首、コリコリになってる……！」

「ヤン！　ダ、メ……あっ、それ……ああン！」

ドレスの上から先端の突起をいじられる。ノーブラのせいで、簡単に勃起させられてしまう。恥ずかしいのに、感じてしまったこのはしたない身体を見られるのは不思議とイヤではない。

「タカの触り方、すごくエッチだぞ？」

「だ、だって……今日の薫ちゃん、いつもよりずっと可愛くて色っぽいんだもん……んわわっ!?」

むぎゅっ。むにゅん。

貴寛の顔面を乳房で押しつぶすように胸に抱き寄せる。

（あー、もう、この子、なんでこんなに嬉しいことばっかり言ってくれるのかな！　言葉だけでわたしをとろっとろにするつもりなんだな、もうっ）

胸もとに熱い息を感じただけで、薫はもう甘い吐息《といき》をもらしていた。

「ね、気持ちイイでしょ？　このおっきなおっぱいはね、タカのためだけにあるんだよ？　女の子のおっぱいは、大きければ大きいほどいいものなんだからっ」

ちらりと柚姫を見る。

「ぬっ」

案の定、不機嫌丸出しの顔だ。

（むふっ。勝った。でも、こんなものじゃないんだからねっ）

あの女にだけは負けられない。貴寛は絶対に譲れない。今日この場で引導を渡さなくてはならないのだ。そのためには、この少年を完全に落とす必要がある。

「ねえ、タカ。わたしなら、こーんなこともできるんだぞぉ？」

「あっ……ちょっ……ああ！」

貴寛のジャージズボンを脱がせる。トランクスの中央部は一目でそれとわかるほど膨らんでいた。

「あれぇ？　タカったら……もうその気なんだ？　むふっ」

「だって……薫ちゃんが可愛かったから……」

「んふっ、タカの正直なところ、好きだぞ？　うりゃっ」

トランクスもおろし、早くもほぼ完全に勃起したペニスをあらわにする。

（うっわ、おっきい……！　それに、先っぽ、ぬるぬるしてる……）

勢いよく飛びだした若い屹立に、今度は薫が生唾を呑みこむ。

薫はドレスから自慢の柔乳を引っ張るようにして剝きだしにすると、そのまま、

「えいっ」

この猛々《たけだけ》しい分身を挟んでやった。

「ヤン、タカの、硬くて熱いっ……あっ、ぴくぴくしてる……もしかして、気持ちイイの？　わたしのおっぱいに挟まれて、感じてる？」

「うん……すごい、僕のオチン×ンが、薫ちゃんのおっぱいに埋まっちゃってる！」

(よかった。やっぱり男の子ってこういうのが好きなんだ)

貴寛の鼓動が伝わってくる。胸のなかでむくむくと膨らんでくるのもわかる。

「じゃ、こういうのはどう？」

貴寛の反応に気をよくした薫は、下から持ちあげるようにして交互に乳房をペニスに押しつける。柔らかい乳肉がもにゅもにゅと大きくその形を変えながら、少年の熱い屹立を全方位から包みこむ。

「あっ、あっ、あっ……すごい、おっぱいがむにむにってぇ……ああ、すべすべなのに、オチン×ンに吸いついてくる……ああっ、薫ちゃん……ああーっ！」

「きゃっ!?」

初体験のパイズリに貴寛の腰が浮く。まるで薫の胸を貫くように力強く突きあげら

れる。

（やっ、タカったら、乱暴っ……そんなにイイの？　おっぱいでむにゅむにゅされるの、感じちゃうの？）

乳房を犯されながら、薫もまた、妖しい興奮に包まれる。

胸でペニスを挟んでるだけなのに、この灼熱の槍に触れている部分が疼いてたまらない。胸の谷間から顔をのぞかせる濡れた亀頭を見るだけで下腹部が熱くなり、恥ずかしい染みをショーツにひろげてしまうのだ。

「あっ……タカのオチン×ン、すごい……ああっ、おっぱいの間から、可愛い頭がぴょこぴょこ出てくるぅ……はむっ」

「ああっ、そ、それダメ、挟んだまま、先っちょ舐めるの、ダメぇ！」

パイズリをしながら、亀頭に舌を這わせる。先走り汁を溢れさせた尿道口を舌先でほじる。

「ちゅ、ちゅぷ、くちゅ……ちゅる……くちゅん……ちろちろっ……くちゅっ」

カウパーと唾液が混ざり合った淫汁が潤滑油となり、パイズリがよりスムーズになる。それがさらに快感を募らせるのか、腰の突きあげが強くなってきた。

（必死になってるタカ、可愛い……っ）

次から次へと口内に唾が湧き、それを余さず亀頭にまぶしていく。

そっと乳首を指先で摘み、パイズリとフェラチオをしながら自らも快楽を貪る。

(ダメ、わたしのほうが欲しくなっちゃう……タカのコレ欲しくて、下のお口までとろとろになってきちゃったよお)

我慢できなくなった薫は上体を起こし、勃起をようやく解放する。まだ成長を終えていない自慢のバストは唾液とガマン汁でてらてらと濡れ光っている。

「ごめんね。わたし、もうお前が欲しくてたまらないの。今度は、こっちで気持ちよくしてあげるね……っ」

発情した少女は瞳をとろんと潤ませ、見るまでもなくべっちょりと恥液の染みこんだショーツを脱ぎ捨てる。熱く火照《ほて》った媚唇に外気が触れるのが心地よい。

「か、薫ちゃん……っ」

「今日は、わたしからしてあげるね……あン、でもこの格好、恥ずかしいよ」

ゴスロリドレスをまとった長身の短髪少女が羞恥に頬を染めながら、少年のそそり立ったペニスをまたぐ。ちょうどM字開脚の格好だ。

ドレスの裾が捲《まく》れあがり、引き締まった太腿やふくらはぎを包むオーバーニーソックスや、秘密のデルタ地帯が貴寛に晒されてしまう。

(見てる、タカ、あんなに真剣にわたしのアソコ見てるっ)

女として、好きな男に身体を見られるのが嬉しくないわけがない。だが、

（ダメ、こんな太い脚にニーソなんて変だと思われてるっ、アソコも毛深いって思われてるうっ）

貴寛とはまた別の意味のネガティヴ思考が薫を脅えさせる。

太腿は引き締まってはいるがやはり平均よりむっちりしているし、髪と同様にややカールした秘毛は若干濃いめだ。そのアンダーヘアは汗と愛液で恥丘にべったりと張りつき、淫猥さを漂わせている。

「へ、変でしょ？　わたし、やっぱりこんな可愛い服着ちゃダメな女の子だよね？」

「そんなことないよっ。今だって僕、見惚《みと》れてたんだからっ。薫ちゃん、可愛くてエッチすぎるんだもん」

「ああっ……溶けちゃう……わたし、またタカにとろとろにされちゃう……っ」

嬉し涙で視界が歪む。涙だけでなく、秘口からはより濃厚な淫汁が溢れ、糸を引いて貴寛の亀頭に垂れ落ちる。

「食べちゃうぞ……そんな嬉しいことばっかり言うお前のこと、全部食べちゃうんだからな……ん……んあ……っ！」

愛液の糸を辿るようにまっすぐに腰を落とし、少年の逞しい分身を咥《くわ》えこむ。

（あ、昨日より太くて硬い……っ）

このドレス姿の自分に興奮してくれている証拠だった。

「んっ……おっき……あっ……ひろがっちゃう……アソコ、伸びちゃ……あうッ！」

狭い入り口を亀頭の一番太い部分が通れば、あとはすんなりだった。

「アッ……アアアッ！」

大量の愛液と唾液、先走り液の助けもあって、ずぶりと肉茎のすべてが胎内に収まる。コツン、と先端が最深部に触れたのもわかった。

（入っ、たぁ……タカのが、全部……っ！）

ゴスロリドレスで着飾った少女は、騎乗位スタイルのまま、軽く達してしまう。

「締ま、るぅ……薫ちゃん、締めすぎ……ぃ！」

「ら、らってぇ……ああっ、タカの、長くて奥まで来てるんだもんっ……ああっ、そ、そこダメ、そこ、わたしの一番奥なんりゃからぁ……ん」

絶頂の余波のせいで呂律《ろれつ》がまわらない。

（こ、これイイ……っ……下から串刺しにされてるみたいで、恥ずかしいけどすごく興奮しちゃう……ああ、わたし、タカを犯してるんだ……！）

アクメの余韻が去りきらないまま、腰を動かしはじめる。最初は前後に、それから円を描くように、そして最後はそこに上下の動きも加えて貴寛を貪る。

「しゅ、しゅごいっ、これしゅごいぃン！　全部っ、わたしのなか、全部当たってりゅっ、タカのオチン×ン、全部かきまわしへるぅ！　んうぅん！」

（なにこれ、なんなのこれぇ！　昨日よりイイ、自分で動くの気持ちよすぎるっ！）

薫の淫らな動きに合わせて、ドレスからはみでた巨乳がぶるんぶるんと派手に揺れる。ときおり乳房同士がぶつかり、ぱんぱんと乾いた音がたつ。

「んふっ、ふっ、ふうン！　んふっ、ふっ、んふんんーっ!!」

M字開脚をしたまま腰を激しく上下させる。膝に両手を置いたその姿は、極端に低いスクワットに見えなくもない。

けれどその顔に浮かぶのは苦悶ではなく、淫らな悦びに蕩《とろ》けただらしのない表情だ。

「ひっ、ふひっ、ンヒイィンッ！　イヒッ、これ、イヒぃん！　ヒィっ！」

食いしばった歯を剝きだし、口の両端からだらだらと涎を垂らすその顔に、バレー部のエースアタッカーの面影はない。

「ココ、ココがイイのぉ、奥の上側、擦られるの好きぃ！　アーッ、イク、イキそう、タカ、タカぁ！」

「あっ、薫ちゃん、そんなに激しくしないでっ。出ちゃうってばぁ！」

苦しげな後輩の声がさらに興奮を煽る。

（あ、イク、そろそろイケる……タカと一緒にイケる……ッ）

間近に迫ったアクメに全身を総毛立たせる薫だったが、

「ふひイィッ!?」

まったく想定外の刺激に襲われた。過敏になった女体が貴寛にまたがったまま大きく跳ねあがる。

「なっなっ……なにしてんのよ、アンタ⁉」

犯人は、いつの間にかベッドにあがっていた柚姫だった。むすっとした顔のまま薫の背後に座っている。その両手はなぜか薫の乳房を揉んでいた。

「貴寛がイヤがってるようだから、さっさとお前をイカせてどかそうと思ってるだけよ。……まったく、なにを食べたらこんなに無駄に大きくなるのかしら……っ」

ぶつぶつ文句を言いながら、限界まで膨張した敏感乳首を捻る。

「んひいいぃっ⁉ やっ、やめてよ、そこ、今は敏感になってるんだかりゃああンン！ アアアッ！」

乳首だけでなく、今度はうなじを責められた。貴寛とは違う柔らかな舌の感触に、甘い声をあげてしまう。

「ふん、汗臭い女ね。さっさとイキなさい。貴寛は私が責任もってイカせるから。ほらほら、ここがイイんでしょ？ 下品なおっぱいをいじられると感じるんでしょ？」

乳房の根元から先端にかけて母乳を搾りだすような愛撫。その上で、血液が集まってより過敏になった乳首やぷっくり盛りあがった乳輪を絶妙なタッチで追いつめる。

（やっ、こ、こんなヤツに触られて感じたくないっ。わたしは、タカ以外で気持ちよくなんかならないんだからぁ！）

膣の快感だけに集中しようとするが、同性にしかできない、あまりに的確で、あまりに繊細な愛撫に、薫は喘ぎ声をこらえられない。

「ああっ、それらめぇ！　ひっ……ち、乳首くりくりするのダメ、あっ、耳たぶ噛むのもりゃめぇ！　あーっ、あっ、おかひくなるっ、頭が真っ白になるぅンン！」

「イキなさいな、さっさとイッて、私に貴寛をかえしなさいよ、この汗女っ」

「違うもん、タカ、わたひの汗、甘くて美味ひいって言っへくれひゃもおン！　アッ、も、もうらめぇっ、イク、イカされひゃうぅっ！」

ゴスロリドレスを汗まみれにしながら、薫は騎乗位アクメに向けて飛翔をはじめる。

「か、薫ちゃん……っ」

「らめっ、タカ、今動かないれ……やああっ、奥はらめっ、そこ、そこはああっ……アアッ、とろとろなのっ、今、そこはとろとろなのぉン！」

絶頂寸前の強烈な窄《すぼ》まりに、貴寛も腰を使ってくる。

（ひどいっ、こんなのズルいぃ！　タカだけでイキたいのにっ、柚姫のバカぁ……あっ、乳首捻っちゃダメぇえっ!!）

女同士、薫のオルガスムスが間近なのを察知した柚姫は容赦《ようしゃ》ない愛撫を加えてくる。

（溶ける、身体、溶けちゃうッ！　おっぱいもオマ×コも、全部とろとろにされちゃ

うっ！　元に戻れなくなっちゃうううぅっ!!）

「イッちゃいなさいよ、ほら！」

柚姫がやや乱暴に乳首を捻りあげた瞬間、目の前が真っ白になった。

「ヒイイイィッ！　ヒッ、も、もう……ああっ、イグ、イッグ……アーッ!!」

背後の柚姫を押し倒すほど大きくのけ反りながら、ついにアクメに到達する。

「あっ……僕もイク……っ！」

「えっ……貴寛はイッちゃダメっ！」

一瞬遅れて、今度は貴寛も爆発する。柚姫の悲鳴が遠くに聞こえる。

（い、今はダメ、イッてるときに射精しちゃダメーっ！　あっ……ああぁっ!!）

絶頂中の蕩《とろ》けきった襞粘膜に灼熱のザーメンが容赦《ようしゃ》なく放たれる。

「ンアアアーッ！　アーッ、溶けるッ……溶けちゃ……ひぐぅううぅッ!!」

自分のすべてが溶けだし、貴寛と一つに混ざり合う。

そんな錯覚を抱きながら、薫は壮絶な悦楽の果てに意識を失うのだった。

3　バニー柚姫

（もうっ、どうしてこんな女相手に……！）

気持ちよさそうに薫の膣内に射精する貴寛を見ながら、柚姫は立腹していた。

「ほら、イッたんならさっさとどきなさいよっ。重いわね、もう！」

失神したらしい薫を横にのかせる。その拍子に肉竿が膣から抜けるのが見えた。

（あのオチン×ンは私のモノなのにっ。ザーメンも全部私だけのモノなのに！）

幸せそうに気絶している薫を乱暴にベッドの下に落とす。ごん、と鈍い音がしたが、

（脳みそまで筋肉なんだから、あれくらい平気でしょ）

と、一顧だにしない。

「貴寛の……浮気者っ」

射精の余韻が去りきらない年下の恋人に覆いかぶさり、涙目で睨んでやる。

「ゆ、柚姫先輩……」

さすがにこの鈍感な少年にも柚姫が怒っている理由はわかるのだろう、申しわけなさそうに口ごもる。

「言ったよね。私、キミのペットになってあげるって。ほら、わかる？　この服、その約束守るために急いで手に入れたのよ？」

ベッドの上で立ちあがり、昨日届いたばかりのバニースーツをお披露目する。

大きなウサギ耳とぴったりと身体に密着したレオタード、首の別襟と手首のカフス、そして忘れちゃいけないぽわぽわのウサちゃん尻尾。

「そりゃうーちゃんの代わりにはなれないけど、少しでもキミの寂しさを埋めてあげようと思ってたのに……あんな女に中出しするなんて」

ぶう、と唇を尖《とが》らせるバニーさん。

「ご、ごめんなさい……」

「反省してる？ 本気で私に悪いって思ってる？」

「お、思ってますっ、本気で申しわけないって思ってますっ。ただ、その」

「いいわよ、今この場で選べとは言わないから。ただし」

くるん、とその場で半回転。真っ白なウサちゃん尻尾を見せつけるように、その小さなヒップを軽く突きだす。

「そこで伸びてるバカより、私のほうがずっとずっと気持ちよくしてあげられるってことだけは、キミの体に叩きこんでやるから」

「う……」

「だいたいね、人がせっかく薫を先にイカせてやろうと思ったのに、なんであっさり出しちゃうのよ、キミは！」

気持ちよさそうに薫に膣内射精をしたときの顔を思いだし、またむかむかしてくる。

「だ、だって、薫ちゃんの締めつけが急にキツくなって」

「それは私がやったから！ あんな大女のオマ×コ、ゆるゆるに決まってるんだから！　その点私は小柄だから、キツキツなのよ、名器なのよ!?」

ウサ耳を大きく揺らしながら柚姫が声を荒げる。

「ん、もう……そこに寄りかかって。うん、そのままじっとしてなさい」

壁に背中を寄りかからせた貴寛にしがみつく。小柄な柚姫がそうすると、子供が大人に甘えるようにも見える。

「はむ……ちゅっ、ちゅ、ちゅっ」

貴寛の肩や胸にキスをしながら、軽く睨んでやる。

(薫よりずっとすごいことしてあげるんだから。女の子が本気になったら、男の子なんてすぐにめろめろなんだからねっ)

乳首が弱いのはもう知っているので、また重点的にそこを責める。

「あ、ゆず、き先輩……あっ、ああ！」

(なによ、可愛い声出して。そんなに気持ちイイなら、最初から私だけとエッチすればいいのに！　言ってくれればなんでもしてあげるのにっ！)

乳首を責め立てながら、お尻に貴寛の手を導く。

「ね、この尻尾、どうなってるかわかる？　いじってみて」

「？……こうですか？……うわぁ!?」

「ひィン！　ああン！……バカぁ、いきなりそんな強く揺らすなんてぇ……！」

「ま、まさか先輩……この尻尾って……!?」

「そうだよ、これ、私のアナルに繋がってるの。だから、いじるときはもっと優しくしてね？」

アナルプラグを挿入していることを告白するのはさすがに恥ずかしく、柚姫は大きく露出した肌をほんのりピンクに染める。

「私ね、ずっと前からキミのこと想いながらいっぱいオナニーしてたの。いつかキミにこっちも使ってもらおうと思って、指で慣らしてきたのよ？」

「え……！」

「キミは、こんなエッチな女の子は嫌い？」

はむはむと乳首や胸の周辺を甘嚙みしながら、柚姫が恐るおそる尋ねてきた。

その瞳に不安げな光を見つけ、貴寛はあわてて答える。

「そんなことないですっ。むしろ嬉しいです！　ぼ、僕なんかのためにそんな……あっ、先輩のウサちゃん尻尾、ふかふかしてるぅ！」

「やっ……やあぁ！　やめ……ひいン！」

少女の一途な想いに打たれた貴寛は積極的に柚姫を愛撫しはじめた。バニーガール姿に愛兎の姿をだぶらせてもいる。

「た、貴寛っ、そこはまだ慣れてないから優しく……あっ、尻尾、ダメ……ああっ、お尻、ひろがっちゃう……やっ……やだ……アアンッ」

アナルオナニーでもイケる柚姫は、この刺激にも甘い声で反応してしまう。

実はこの尻尾は柚姫の手作りで、通常のアナルバイブを改造したものだ。尻尾はバニースーツから取りはずし、それを接着剤でバイブに貼ってある。さらにスーツに新たに穴を開け、通常のバニースーツのように見えるようにしたのだ。ただこの魔改造のせいで、尻尾の位置が普通よりだいぶさがっているし、ちょっと動くだけでアナルが刺激されるという欠点（長所？）もある。

「あ、ン……ダメよ、尻尾ばっかりいじめちゃダメぇ！」

自慰とは全然違う直腸への刺激に、柚姫は腰から下に力が入らなくなっている。膝がかくかくと震え、貴寛にしがみついていないとそのまま崩れ落ちてしまいそうだ。

「あっ、ああ、押すのもダメ、ぐりぐりまわすのもダメなのぉ！　んーっ！」

耳を揺らしながら抱きついてくるバニー少女の愛らしさに、貴寛も柚姫を抱きかかえす。二人に挟まれた小振りなバストが、バニースーツの内側でむにゅりとつぶれる。

互いの手を握り合いながら、濃厚なキスを交わす。その間も、貴寛の手は柚姫の尻尾を優しくいじりつづける。

「んっ……んふっ……あっ……んん……」

アヌスへの刺激が強烈すぎるのか、柚姫はキスをつづけられない。まるで逃げるようにキスを中断し、艶やかに紅潮した顔で貴寛を見つめる。

「はあ、はあ、はあ……。貴寛……もう平気だから……そろそろこっちで……ね?」

こちらに背を向け、後門に深々と挿《さ》されていたアナルバイブを引き抜く。

「んん……っ……!!」

抜けるときに強烈な刺激が駆け抜けたのだろう、一瞬、甘い声がもれでる。

(うわ……あんなに長いのが入ってたんだ……!)

柚姫のアヌスに潜っていたバイブは、想像よりずっと太く、長かった。

そのバイブが直前まで挿入されていた肛孔はぱっくりと開いたまま、ひくひくと妖しく蠢《うごめ》いている。

「先輩のお尻の穴、ぴくぴくしてます……うわ、すごい……!」

「バカァ! そんなに見ないで……貴寛のエッチ!」

羞恥にヒップの表面まで赤らめるものの、柚姫はアヌスを貴寛に向けたまま動かない。排泄器官のすぐ下にある秘裂はバニースーツで隠されているが、クレヴァスの形状がくっきり浮かびあがるほどに愛液で濡れそぼっていた。

(柚ちゃん、お尻いじられて感じてたんだ……!)

少年が喉を鳴らす。貴寛は、このくすんだ色の窄《すぼ》まりに心を奪われていた。

「先輩はお尻の穴も綺麗です……！」

「アナルを褒められても嬉しくないわよ」

そう言いながらも、柚姫の声は弾んでいる。スーツの股布にまた染みがひろがる。

「さあ、来て。ここも、キミのために準備しておいた穴なんだから。キミと繋がるためにずっと前から用意してきたんだからね？」

四つん這いになった柚姫のアヌスに勃起を近づける。一度射精したとは思えないほど、貴寛の愚息は力を漲《みなぎ》らせていたが、

「でも……大丈夫なんですか？」

充分ほぐされてはいるようだが、ペニスはアナルバイブよりもふたまわりは太い。裂けてしまうのではないかという懸念を抱く。

「平気よ。指、二本入ったし、お尻って結構伸びるから。それにね、私はキミのペットなの。ご主人様はそんなこと気にしないで、早く私を……エッチな柚姫を可愛がってくれればいいのっ」

もどかしそうに小さなヒップを振る。スーツに開けられた穴からのぞくアヌスも、挿入を待ち望んで妖しくひくついている。

「ほら、早くぅ。柚姫のお尻の穴、すーすーしてるんだからぁ」

バニーガール姿の少女が自ら直腸粘膜を曝けだし、甘えた声でアナルセックスを求

める。見た目の可愛さと行動のギャップが思春期の少年を狂わせる。

（こ、こんなの見せられたら……もう、もう……っ！）

「女の子のヴァージンは一つだけじゃないんだよ？　アナルの……ケツマ×コの初めても貴寛にあげる」

このいじらしくも淫らすぎるおねだりに誘われるように、貴寛は柚姫のもう一つの処女穴に先端部を押し当てていた。少女を気遣いながら腰を進めていくが、

（あっ、柔らかい……っ）

見た目はこんなにも小さい窄《すぼ》まりなのに、肉棒を押しかえすどころか、逆に奥に導くように襞がひろがっていく。

「んっ……あっ、来る……貴寛のが……あっ……太い……っ！」

柚姫はシーツをかきむしりながら背中をのけ反らせるが、その声と表情に苦痛の色は見られない。むしろ、その小柄な身体をいっぱいに使って肛交の快楽を享受しようとしているかのようだ。

（なんなの、これ？……引っ張られる……オチン×ンがお尻の奥に引きずりこまれる……っ！　ああっ、すごい……お尻のなか、つるつるで気持ちよすぎるぅ！）

抵抗を感じたのははじめだけで、あとはむしろ膣穴よりもすんなりと挿入できた。

「んおン！　おっ……はっ……んくぅ!!」

「ああっ、すごい、お尻、すごいですっ！」

「あっ、太いわ、貴寛のオチン×ン、太くて熱いのっ！　ああっ、な、なにこれ、変になる、肛門が変になるぅ……ッ」

襞がみっちりつまった膣と違い、直腸は驚くくらいにつるりとしている。その代わり収縮力はずっと強い。慣れていなくて狭いせいもあるのだろうが、すさまじい圧力で貴寛を締めあげてくる。

「貴寛の、お腹の奥まで来てるっ……ああっ、これイイ……アナルセックス、クセになっちゃう……アッ……ハアアッ……！」

柚姫もまた、膣でのセックスとは異なるアナル感覚に喘いでいた。白い肌の表面にはびっしりと脂汗《あぶらあせ》が浮き、四つん這いのままガクガクと痙攣《けいれん》している。

しかし、決して苦しんでいるわけではない。未知の、そして強烈すぎる悦楽に戸惑っているだけだ。

（感じてるっ、柚ちゃん、お尻のヴァージン奪われて気持ちよくなってる……！）

身体の震えに合わせて小さく揺れる長いウサ耳と、大きく露出した滑らかな背中、そして初めてペニスを迎え入れた可憐なアヌス。

（もっと、もっと感じさせたい、もっとたくさん可愛い声で啼《な》かせたい……！）

少年の胸に強い情欲が湧く。

「ひゃあ!? あ、な、なにを……あ、貴寛……あひゃああっ!?」

目の前で身悶えている、美しく、そして淫蕩《いんとう》な年上少女の細すぎる腰に腕を巻きつけると、貴寛はアヌスを貫いたまま、重心を後ろに移した。あぐらをかいた貴寛の上に柚姫が座るという体勢になる。

「ひぎっ……ひっ……んっひぃいいいぃーっ!」

だが、この背面座位は柚姫にとっては予期せぬ、そして想像以上の刺激をもたらしてしまう。


(深、い……これ、深すぎ……ぃ!)

突然後ろに引っ張られ、貴寛に腰かけるような体勢を取らされた。

それはいい。貴寛にぎゅっと抱きしめられるのはとても嬉しいものであったから。

けれどそれは、直腸にこの逞しい屹立が根元まで突き刺さっていなければ、の話だ。

「かはっ……あっ……はおおお……ッ」

大きく口を開け、声にならない声をもらす。このまま内臓が吐きだされるのかと恐怖するほどの深々とした挿入感があった。

(入りすぎぃ……キミのオチン×ン、アナルの一番奥まで届いちゃってるよ……っ)

膣と違い、アヌスには行き止まりはない。今、柚姫は、物理的限界まで深々と身体を貫かれていた。まさに串刺しというに相応しい、あまりに苛烈な挿入だった。

(あぁっ、おかしくなる、こんなことされたら、私、もう普通のセックスじゃ飽き足らなくなる……っ)

呼吸するのさえつらいのに、女体は早くもこの肛交悦楽に順応しはじめていた。

「くっ……先輩、それ、締めすぎ……い」

腸粘膜はまるで膣襞と同じように蠕動《ぜんどう》をはじめ、この太くて硬い、愛しい男根をきゅうきゅうと締めあげる。

「だってぇンン……あはっ、こ、これすごいの、貴寛のオチン×ン、お腹の奥まで届いてるぅンン……あはっ、ひゃっ、んひゅっ……はーっ、はーっ、はあぁーっ!」

内臓まで貫く深すぎる挿入を、柚姫は必死に息を吐いてこらえる。

(これ、すごっ……苦しいのに、自分でするよりずっとイイ……!)

指ではとても届かない位置まで熱い剛直が擦ってくれるし、この圧迫感はたまらなく柚姫を昂《たかぶ》らせてくれる。

「キミのオチン×ン、大きすぎよ……アナルひろがっちゃうじゃないのぉ……!」

「ご、ごめんなさいっ、でも、先輩のお尻、気持ちよくてとまらないんです……!」

「いいよ、私、貴寛のペットだもん、おっぱいもオマ×コも、ケツマ×コも全部キミの好きにしてっ! 柚姫を肉奴隷にしてぇ!」

本当にこの少年のペットになりたい。お尻の穴すらも捧げて、愛玩動物になりたい。

そんな想いがさらに肉欲を高め、ふしだらな反応を強めてしまう。

「感じてる先輩、綺麗です……いつもよりずっと綺麗です……！」

柚姫のうなじや耳たぶ、頬にキスをしながら、バニースーツの上から乳房を揉まれた。過敏になった小振りな乳房は、軽いタッチでも痛いほどに感じてしまう。

「あ、バカぁ……お尻の奥までキミのモノになってるのに、今度はおっぱいまでぇ！……そんなに私のことが欲しいの？　柚姫を、ホントにペットにしたいのぉ？」

乳首を軽く摘まれただけで柚姫は全身が蕩《とろ》けていくのを感じる。アヌスはすでに、もう一つの性器のように素晴らしい悦びを与えてくれる。

「欲しいです、僕、先輩のこと、全部欲しいです……っ」

「んあん、やっ、乳首いじったままお尻いじめちゃダメぇ！　ああっ、あげる、キミに全部あげるから、そんなにぐりぐりしないで……ひいィン！」

真下から直腸粘膜を削られ、勃起乳首をこねられ、耳をしゃぶられる。

「んはっ、あっ、アアアッ！　おひり、おひりぃン！　アーッ、狂っちゃう、お尻がバカになりゅうぅ！　ケツマ×コ、ひろがっちゃうンン！」

柚姫の両脚はいつの間にか前に投げだされ、ぴんと伸びきっていた。アヌスを擦られるたびにタイツに包まれたつま先がくにくにと伸縮する。

（もうわかんない、気持ちよすぎてわかんないよお！）

ただ一つ確実なのは、今、自分がひどい顔をしていることだ。汗と涎でべとべとになった顔は、好きな男に見せてはならないくらいに弛緩しきっているだろう。

「らめっ、見ちゃらめぇ……お願い、今の柚姫、見ちゃだみぇえ……っ！」

顔を手で覆おうとするが、貴寛がそれを制する。両手首をつかんだまま、さらに柚姫を蕩《とろ》かすように激しくアヌスを突きあげてくる。

（ひどい、ひどいっ！　こんな顔見せられないのにっ、嫌われちゃうのにぃ！）

目の焦点が合わなくなる。喘ぎ声がとまらなくなる。

柚姫の女体はもう、完全に貴寛に堕とされていた。肛穴を勃起が一往復するごとに自分が貴寛の女に変わっていくのがはっきりわかる。自分がどんどん淫らな愛玩動物に近づいていることを感じる。

だがこの年下の少年は、柚姫の心まで堕とそうとしてきたのだ。

「隠さないでっ、綺麗な顔、もっと僕に見せてっ」

顎をつかまれ、このぐしゃぐしゃになった蕩け顔を視姦される。

「うあっ、ああっ、ああ……！」

（見られてる、私のこんなアヘ顔、貴寛に全部見られてるっ）

子宮がきゅんと疼き、括約筋がすさまじい勢いで肛門内のペニスを締めつける。

「乱れてるときの柚姫先輩も可愛いです……っ」

「んむうぅっ!!」

（ここでキスなんて……堕ちちゃう……私、キミのペットに堕ちちゃう……!!）

この殺し文句とキスのコンボ攻撃で、柚姫は完全に堕とされた。

身も心も貴寛に捧げきったこの瞬間、いよいよアナルセックスの大きな波が柚姫を襲う。オナニーとは比較にならない巨大なアナルアクメが目前まで迫っている。

「飛ぶ、お尻、飛んじゃうっ！　飛ばして、キミのオチン×ンで柚姫を飛ばしてぇ！」

両腕を背後にまわし、汗だくの白い腋を晒しながら、貴寛の頭をかきむしる。

その小柄なバニーガールの両脚が高々と掲げられる。貴寛が膝の裏を持ちあげたのだ。タイツに包まれた細脚がV字形にひろげられ、大量の秘蜜でぐっしょりと濡れた股間があらわになる。

「いいよっ、好きにして、柚姫を好きにしてぇ！　おっぱいもお尻もオマ×コも、子宮も全部キミにあげるッ、だから、だから……アアアッ!?」

すべてを曝けだした肛交オルガ寸前の少女が甲高《かんだか》い悲鳴をあげた。

貴寛との営みに夢中だった柚姫は、失神から目覚めた薫がすぐ目の前にいたことにたった今気づいたのだ。しかもこの宿敵の目は嫉妬《しっと》と復讐心に爛々《らんらん》と輝き、口もとにはあからさまな敵意が浮かんでいる。

「やっ……やめて……今は……今はやめて……っ！」

薫の手が股間に伸びる。なにをしようとしているのかは、すぐにわかった。先ほど、柚姫自身がこの少女にしたことをやりかえされるのだ。

「さっきのおかえしよっ……なによ、わたしのタカを勝手に使ってこんなに濡らして……この泥棒猫っ、泥棒ウサギっ!!」

股布が簡単に脱着できるのが仇《あだ》となり、あっさりと女の弱点を責められてしまう。

「ひぃぃっ！　やめ……いぎぃいぃッ！」

一度も触られていないにもかかわらず、アナル絶頂寸前だった柚姫の秘肉は湯気が立つほどに蕩《とろ》けきっていた。

その蜜壺に、薫の指が二本、一気に根元まで押しこまれる。

「つぎぃぃ！　ひっ……い、挿れないでよっ、そこは……貴寛だけの穴なんだからぁ……あっ、アーッ！」

エースアタッカーの指は長いだけでなくごつごつと節くれ立ち、柚姫の浅くて狭い膣道を容赦《ようしゃ》なく責めたてる。

(やっ、こ、こんな女になんて……そこは貴寛以外には触らせないんだからぁ！　あっ、そんなとこまで指が届くの!?　やだやだ、そこばっかりいじるなぁ！)

「ほらほら、さっさとイッちゃいな。タカはイッたらダメだぞ。このペチャパイをイカせたら、すぐにわたしとエッチするんだから！」

「だ、誰がお前なんかにぃ……アア、そ、そこはやめろと……んひィ！」

ゴスロリドレスの長身少女は、その長い指で的確に柚姫の弱い部分をいじる。柚姫がしてやったのと同様、同性ゆえのねちっこい、そして容赦《ようしゃ》のない責めだった。

（そこ、子宮ぅ……し、子宮口ばっかりいじるなぁ……ああっ、ダメ、イク、イカされちゃう……薫にいじられたオマ×コでイクのはイヤァ！）

ぎりぎりと歯を食いしばり、必死にこみあげる快感を押し殺すが、その抵抗もそう長くはつづきそうになかった。

「た、貴寛っ、突いて、思いきりアナルを犯して！　キミのチ×ポでイカせて、私を早くイカせて、オルガさせてぇ！　早くっ！　んうぅぅっ!!」

こうなったら薫ではなく、貴寛に先に絶頂させてもらうしかない。

（イク、イク、お尻で、オマ×コじゃなくて、アナルでイクんだからぁ！）

意識を後ろの穴に集中する。

「貴寛、貴寛、貴寛ぉ！　ああっ、好き、好きよ、キミが好きぃ！」

無意識に叫んでいた。

そして、その想いに応えようと少年のピストンが激しくなる。

「先輩、先輩っ！」

「らめぇ、名前で呼んれっ、柚姫って呼んれぇ！　アーッ、お尻イイ、ケツマ×コ、もっとほじほじしてぇ！　やあぁッ！」

髪とウサ耳を振り乱し、汗と涎、そして恥液を垂れ流しながら、柚姫はアナルアクメを極めようとしていた。

「ゆ、柚ちゃん……柚姫……ッ！」

「アーッ、アーッ、アアーッ!!」

初めて呼び捨てにされた歓喜と直腸を削られる悦びに、目の前が真っ白になる。

「イグ……お尻、イグっ……ヒイッ……はうぅ……ッ!!」

「ゆ、柚姫、出るよ、出すよ……っ！」

「あ、こらタカ、出しちゃダメ！」

背後からは切羽つまった声が、前からは悲鳴が同時に聞こえた。

貴寛はラストスパートで柚姫のアヌスを、薫は最後の抵抗とばかりに荒々しく膣襞を責めてくる。

「らめぇぇっ、前と後ろ、一緒なんてぇ……アッ、飛ぶ、飛ぶ、飛んでっちゃあぁぁ……あはあぁぁーッ！　イクウウゥ!!」

なにかが弾け飛ぶようなすさまじい衝撃に、一瞬意識が飛ぶ。が、その飛んだ意識を、直腸に注がれた熱すぎるザーメンが強引に引き戻す。

「んあっ、熱い、お尻、熱いぃ！　ヒッ、ヒッ、ヒイィッ!!」

(こ、これすごい、すごいの、すごすぎるぅ！　死んじゃうよ、こんなの、耐えられないよぉ……ッ!!)

頭のなかがちりちりする。目の前がちかちか明滅する。呼吸ができない。

恋敵の手を潮で汚しながら、柚姫の意識が次第に遠ざかっていく。

(お尻もあげたんだから……今度こそ私を選びなさいよ……)

悔しそうにこちらを睨んでいる薫を勝ち誇った目で見ながら、柚姫はゆっくりと重心を後ろに傾《かたむ》ける。自分を抱きとめてくれるはずの恋人を想いながら。

もちろん、失神した柚姫は貴寛がしっかりと、そして優しく抱きとめていた。

(ああ、出しちゃった……さっきあれだけ薫ちゃんに出したのに……)

嫌悪感と後悔がなくはなかったが、それ以上に満足感、そして幸福感に貴寛は包まれていた。

(柚ちゃんのこと、呼び捨てにしちゃったし……でも、エッチのときも綺麗だったなぁ……)

全身には気怠い疲労が色濃く残っていたが、この腕のなかで眠る恋人を見ていると、そんなものは気にならなかった……もう一人の恋人が涙目でこちらを睨んでることに気づくまでは。

「タカ、なにニヤけてるのよ！　わたし以外の女に出すなって命令したのに……！」

ドレスに包まれた肢体を怒りに震わせているのはもちろん薫だ。柚姫を先にイカせて貴寛の射精を阻止する作戦を失敗して、かなり気を立てている。

「あ、その、これは……だって……」

「い、言いわけ無用！　わたしを好きって言ったクセに！　嘘つき！　浮気者！」

「ああ、す、すみませんすみませんっ」

全面的に貴寛に非があるので、ここは謝るしか手はない。

「謝る暇があれば、さっさとそこのバカウサギをおっぽりだして、誠意を見せなさいよ、誠意を！　さっさとしないとひどいわよ!?」

「せ、誠意？」

幸せそうに眠る柚姫をそっと横たわらせながら尋ねる。

「そうよ、わたしのほうがずっと好きだってこと、ちゃんと見せなさい、もうっ」

赤面しながら、ベッドの上にあお向けになる。

「さっきは柚姫に邪魔されたから、やり直し！　さっきのなし！　ノーカウント！　再試合！」

（そ、それって……もう一度エッチしろってこと？）

「早く！」

ヤキモチ焼きまくりの先輩少女が急かしてくる。

「で、でも僕、今連続して二度」

「なによ、若いんだからそれくらい平気でしょ!? いいわ、じゃ、わたしがおっきくしてあげるわよっ」

ドレスを勢いよくはだけ、貴寛の股間ににじり寄ってくる。

「お前、おっぱいで挟まれるの好きだもんな。そこの洗濯板女じゃ絶対にできない気持ちイイこと、いっぱいしてやるぞ」

その迫力に思わず後ずさった貴寛の背中に、なにか柔らかなものが当たった。

「脂肪の塊《かたまり》しか自慢できるものがないってのは悲しいわね？」

振りかえるまでもない、早くも目を覚ました柚姫である。

「ふん、自分の身体に自信がないからあんな、お尻だなんて、ふ、不潔な場所を使ったりするのよっ。わたしのタカを汚すな！」

ドレス姿のエースアタッカーがそう叫べば、

「お前みたいな汗臭い女と一緒のほうがずっと不潔よ。私のアナルはちゃんと準備してあるから平気なの！」

バニー少女が言いかえす。

（うああ、こ、これって……いつものパターン!?）

小学生のときからずっと見てきた泥沼の展開である。

これまでの数年間は、ただじっとこの台風が頭上を通過するのを待っていればよかった。しかし今は違う。

「タカ、女の子はおっぱいだよね、ね？」

「あんなものはただの飾りよ。キミはそこらへんのこと、わかっているわよね？」

胸をたぷたぷ揺らしながら迫る薫と、ウサ耳をぴょんぴょん跳ねさせながら迫る柚姫。

（こ、この状況で……どっちか一方なんて絶対に選べないよお！）

以前と違うのは、この二人の争いをとめるために、貴寛はなにかしらのアクションを起こす必要があるのだ。

「ぼ、僕は薫ちゃんも柚ちゃんもどっちも好きだから、選べません……っ」

正直に答えても、結果は変わらない。

「なら、今度はおっぱいだけで気持ちよくしてあげるんだから！」

薫はパイズリをはじめようとして、

「そんなことしなくても、貴寛は私のキツキツマ×コでまたイカせてあげるわよ。それとも、またアナルのほうがいい？　キミの好きな穴、使わせてあげる」

柚姫はお尻を突きだして膣とアヌスを選べと迫る。

逃げられる状況ではない。この危機から逃れる術はただ一つ。

(二人をもっと満足させないと許してもらえないの……?)

どちらかを選ぶのはもうできない。残るは、二人を同時に、そして同じくらい充足させて切り抜ける対症療法のみだ。

「タカ」「貴寛」

二人の先輩がさらに迫る。もう逃げられない。

(ああっ!　死ぬまでにもう一度うーちゃんに会いたかった……っ)

押し倒される寸前、貴寛の脳裏に愛兎の姿がよぎったが、それがこの金曜日、最後の記憶となった。

エピローグ

Wに愛されて……

土曜日の朝、貴寛は見慣れた自室の天井を見上げながら目覚めた。

「う……」

全身が重い。特に腰から下の感覚が鈍い。軽い痛みすら感じる。

時計を見ると、そろそろ起きて学校に行く時間だ。

「あ」

ベッドに半身を起こした瞬間、自分以外の匂いが鼻腔をくすぐった。薫と柚姫の甘い匂いだった。

(そうだ、昨日は夜遅くまで三人で……)

匂いが記憶を刺激し、飛び飛びではあったが昨晩の淫らな行為の数々が甦ってくる。

(うああっ、僕、なんてことを……!)

自己嫌悪に頭を抱えていると、

「……朝っぱらからなにやってんの、お前は」

なかなか起きてこない息子を起こしにやってきた母親が呆れた顔で立っていた。

「お母さん……」

「早く支度しなさい。ご飯できてるし、いいニュースもあるわよ」

「え？」

そのいいニュースを知らされた貴寛は、朝食を大急ぎで食べるとすぐに自転車にまたがり、まさに脱兎のごとき迅速さで家を飛びだした。

ただし、向かう先は学校ではない。通学路の途中で薫と柚姫が自分を待ち構えているとも知らず、貴寛は気怠い体に鞭《むち》打って、ただひたすらにペダルをまわしつづけた。

この一週間、ほぼ毎夜通った道を駆け抜ける。


貴寛が遅れて学校に到着したときには、もう帰りのホームルームの時間だった。土曜で午前中のみだったとはいえ、見事なまでのサボタージュであった。

（もう帰りのホームルームの時間だろうし……）

自分の教室ではなく、直接生徒会室に向かう。

「ん？　ずいぶん早いね」

「か、会長こそ」

誰もいないと思ったはずの生徒会室では、現生徒会長の泰子がパイプ椅子に腰かけ、のんびりと携帯ゲーム機で遊んでいた。

「いや、会長最後の仕事が残っているからね、前の授業をサボったんだ」

ゲームをやめ、貴寛を見る。

「それで、結論は出たのかな？」

「はい」

貴寛ははっきりと答える。

「僕は、柚姫先輩と薫先輩、どちらにも投票しません」

泰子は特に驚いた様子もなくむしろこの答えを予測していたように落ち着いている。

「なるほど。でも、それじゃあギャラリー……じゃない、お客さん……でもない、えっと、生徒たちが納得しないいんじゃないかな？　盛りあげるだけ盛りあげておいて、やっぱり今のままの三角関係がいいだなんてね」

「ちょっ……さ、さりげなく事実を曲解しないでくださいっ」

「でも、結局はそんな感じなのだろう？」

「う」

言いかえせないのが貴寛のつらいところだ。

「私はいいよ、たぶんこうなると思ってたから。でも、観衆……違う、顧客……でもないな、その、生徒はもちろん、あの二人も納得しないんじゃないだろうか？」

「………」

「ああ、勘違いしないでほしい。私はきみの……きみたちの味方だよ。面白ければなんでも……げふんげふん、生徒会の可愛い後輩たちのために、できる限りの協力はしたい。いや、させてほしい。私に妙案があるんだが……聞いてくれるかな？」

微妙に引っかかる点がないでもなかったが、今は藁《わら》にも縋《すが》りたい。貴寛は即座に首肯した。

「こういうのはどうだろうか？　つまりだね……」

妙に嬉しそうな顔で泰子が話しはじめる。

ベストではないが、限りなくベター。泰子のプランは、そういう類《たぐい》のものだった。

「これならきみはあの二人と別れることもないし、面白がる……もとい、我が校の未来を案ずる生徒たちもきっと楽しんで……いやいや、納得してくれるのではないだろうか。いや、そうに違いない」

「えっと……でもそれって」

僕にとってはさらに取り巻く状況が悪くなるだけですよね。

そう言おうとしたが、口にはしなかった。

（悪いのは全部僕なんだから、この程度の責任はかぶらなきゃ……！）

覚悟を決め、「それでお願いします」と会長に頭をさげる。

「きみ、この数カ月でずいぶん変わったねえ。今ならきっとこの先もやってけるよ」

「だといいんですが」

「自信、ない？」

「ないです。だって……あの二人が相手なんですよ？」

「あー、そうだね、うん……私じゃ絶対に無理だ。入学式当日、いきなり大ゲンカをはじめたのを見て面白そうだったから、会長に当選すると同時にあの二人を生徒会に引きこんだんだけど……遠くから見てるのがいいよね、やっぱり」

「……それだけの理由で生徒会に？」

「うん。面白ければいいの。だから、きみには心から同情するし、これからもたくさんのネタを提供してもらいたいって思ってるよ」

「？……どういうことですか、会ちょ」

しかし泰子が答えるより早くドアが開き、二人の美少女が飛びこんでくる。

「タカ！　お前、今までどこに行ってたんだ！　わたし、心配してたん……ああっ!?」

「貴寛、サボるなとは言わないわ。でも、そのときは私も誘いなさ……えっ!?」

薫と柚姫は貴寛を、正確に言えば貴寛の肩に乗った、

「「うーちゃん!?」」

ウサギのうーちゃんを見て、声を揃えて絶句した。

「うきゅ?」

自分に集中する四つの目に気づいたうーちゃんが、耳をぴくぴくさせながら、小さく、けれど嬉しそうに鳴いた。


「貴寛、うーちゃん、生きてたの!?」

「あ、当たり前です、誰がうーちゃんが死んだなんて!?」

「だ、だって部屋からうーちゃんいなくなってたし、タカ、すごく寂しそうにしてたじゃないの! あれ、嘘だったの、演技だったのっ!?」

「嘘でも演技でもないですって! 僕、うーちゃんがいなくなって本当につらくて悲しくて寂しかったんですから!」

「じゃ、キミの肩に乗ってるのはなんなのよっ」

貴寛はつめ寄る上級生二人にじんわりと脂汗《あぶらあせ》を滲《にじ》ませつつ、しどろもどろになりながらも必死に事情を説明した。

「……つまり、病気の治療のため、大きな動物病院に入院させていた、と」

「うーちゃんがいない生活がつらくてつらくて落ちこんでいた、と」

「だ、だって、麻酔使うんですよ!? 手術なんですよ!? 本当にこれでお別れになるかと覚悟してたんですから！」

小動物への麻酔は危険が大きい。特にウサギは犬や猫に比べて臨床データが少なく、適切な麻酔量の判断が極めて難しいのだ。麻酔から目覚めないまま、というケースもある。

治療中は面会謝絶のため、せめて近くにいようと、自転車で片道四十キロ離れた病院まで毎晩のように走っていたのだ。全身筋肉痛になってしまったが。

病院の前で愛兎の無事と回復を、手を合わせて祈ったのが報われたと、貴寛は信じている。二度ほど職務質問を受けそうになったが。

「だったら、うーちゃんが死んじゃったなんて嘘、言わなきゃいいじゃない」

「僕、そんな不吉なこと、一言だって口にしてませんって！」

「……そうだっけ？」

「言われてみれば……そんな気も」

薫も柚姫も、どうやら（渋々ではあったが）納得してくれたようだ。

「なんか釈然としないけど……ま、いいや。うーちゃん、元気になったんだもんね？」

「そうね。うーちゃんも元気そうだし、それに免じて許してあげる」

貴寛、ほっと安堵《あんど》するが、

「じゃあ、今度は本題に戻るわよ」

「アンタ、わたしに投票したんだよね？」

「貴寛は私を選ぶに決まってるでしょ。なにしろ私、貴寛のペットなんだから」

「ふん、うーちゃんが戻ってきたんだから、アンタなんてお払い箱よっ」

いつものように二人が睨み合う。うーちゃんは慣れているので後ろ脚でかっかっと耳をかいたりして、リラックスムード。おろおろしているのは貴寛のみ。

（あ、あれ？　会長、いない……？）

さっきまでそこにいたはずの生徒会長が姿を消していることに気づく。

『ぴんぽんぱんぽーん♪』

「校内放送？」

「しかも今の間の抜けた声、会長に似ていたような……」

『こんにちは、みなさんの生徒会長、堀泰子です。今日までですけど』

会長だった。ここを抜けだして、放送室に行っていたらしい。

『さて、みなさん注目の泥沼……もとい、三角関係……じゃない、緊迫の次期生徒会長選の結果を速報いたします』

うおおおおッ！

校内のあちこちから歓声があがったのが、この生徒会室にまで伝わってきた。

「え、ええっ!? もしかしてタカ、もう決めちゃってたの!?」

「わ、わた、私を選んだんでしょうね、貴寛っ」

突然の結果発表に、薫は驚き、柚姫は珍しく動揺している。

(ああっ、本当にさっきの案でやっちゃうつもりなんだ、会長っ)

貴寛は頭を抱える。

(確かに……確かにそれが一番だろうけど……僕、まだ覚悟ができてないよ……っ)

『それでは発表します。次期生徒会長は……』

校内中が静まりかえったのがわかった。生徒会室の三人も固唾を呑む。

そしてスピーカーから、意外な結果が告げられた……。


「大会長、なんでウチの部の予算、こんなに少ないんだよっ」

「超会長、報道部ですが、インタビューをお願いします!」

「影の会長、サッカー部の奴ら、時間になってもグラウンド明け渡さねえんだけど」

「裏会長、漫研とアニ研の連中が図書室で口論しててうるさい。なんとかして」

緑桜高校伝説の会長選挙から一カ月後の生徒会室は、いつものように騒がしかった。

「あー、はいはい、予算についての苦情はこの嘆願書に書いておけ」

「いつも言ってるように取材は拒否よ。仕事の邪魔、出てって」

「サッカー部の部長はアイツか。いいよ、わたしが文句言ってきてやる」

「じゃあ口論のほうは私が行くわ」

薫がグラウンドに、柚姫は図書室へと向かう。生徒会室には、ぽつんと貴寛とうーちゃんだけが残される。

「急に静かになっちゃったね、うーちゃん」

「うきゅ」

すっかり元気になった愛兎は、テーブルの上で気持ちよさそうに伸びている。

「あーあ……たまにはのんびりしたい……」

あの日、前生徒会長が発表した特別措置により、どうにかそれなりに平和な日々が戻っていた。貴寛も学校を去らずにすんでいるし、生徒会もしっかり機能している。

『生徒会長は別府薫、西谷柚姫の二人体制とします』

貴寛がどちらかを選べなかった結果、特例として生徒会長は二人となった。

『無論、みなさんご存じのようにあの二人が会長ではいろいろと不安もあるでしょう。円滑な生徒会運営が絶望的だと思うのもむべなるかな、当然です』

そこで会長が執った策は、

『結局どちらにも投票できなかったヘタレ……あ、いや、優しい早坂貴寛くんには、責任を持ってじゃじゃ馬ならし……違った、調整役として、生徒会長特別補佐という職を担当してもらいたいと思います。賛成の方はその場で拍手をお願いします』

直後、学校中から大歓声と、割れるような拍手があがったことは言うまでもない。

薫と柚姫も、渋々ではあったがこの妥協案を受け入れてくれた。

これまでどおりに運動部は薫が、文化部は柚姫が担当し、その他の雑用は貴寛が処理する。もちろん薫と柚姫の対立は日常茶飯事だったが、そこはどうにか貴寛が収めるという、これまたいつものパターン。ただ、以前よりも収拾が早くなったのは、きっと気のせいではないだろう。

そうこうしているうちに、いつしか貴寛こそが真の生徒会長ではないかと言われはじめ、今ではさまざまな呼び名を戴《いただ》いている。周囲の自分を見る目が変わってきていることを、貴寛も気づいていた。もちろん、己自身が変化していることも。

(これって……いいこと、なんだよね、きっと)

人と話すとき、目を逸らさなくなった。口ごもることが減った。ちゃんと自分の意見を口にできるようになってきた。

でも、まだまだ足りない。全然物足りない。

頑張らなくっちゃ。

貴寛は思う。あの二人に少しでも追いつくためには、まだまだ努力が必要だ。

しかし、

（このままだと僕の体のほうが先にどうにかなっちゃうかも……迫られると断れない僕が悪いんだけど）

この全身の気怠さは、すでに慢性化している。腎虚《じんきょ》状態だ。

「……少しだけ、眠ってもいいよね、うーちゃん」

「うきゅ」

びろんとテーブルの上で気持ちよさそうに寝ている愛兎の横に突っ伏し、目を瞑る。

誰もいなくなった静かな生徒会室に、すぐに貴寛の寝息が聞こえはじめる。

（…………ん？）

うとうとしていた貴寛は、なにかの気配を感じて仮眠から目を覚ました。

「あ、柚ちゃん、戻ってたんだ。早かったね」

「うん、ぱぱっとケンカ両成敗してきただけだから。……貴寛」

「はい？」

「キミに言ったはずよね、二人きりのときにはちゃんと呼び捨てにしてって」

「あ。……ゆ、ゆ……柚姫」

「よくできました。ご褒美に、いいもの見せてあげるわ」

そう言って、柚姫は手に持っていた紙袋を掲げながら、部屋の鍵をかけようとする。

が、そのときドアが開き、手にしていた紙袋が床に散らばってしまう。

「きゃっ！」

ドアを開けたのは、妙に息を切らした薫だった。額には汗が浮かんでいる。

「うわっ⁉ な、なによ、そんなとこに突っ立ってないでよ……って、なによこれ！」

柚姫の紙袋に入っていたのは、衣服だった。

（あ、これってまさか）

それは、以前薫が着ていたようなゴスロリ服と、体操服だった。

「まさかアンタ、わたしの真似をしてタカを誘惑しようと……っ」

「べ、別にお前の真似をしたわけじゃないわよっ。ただ、その……こういう服は、どっかのオトコ女より、私のような女の子らしい女の子のほうが似合うだろうし、貴寛もきっと喜ぶと思っただけよ」

「それを真似って言うんだ！」

「そ、そういうお前こそ、今、後ろに隠した袋はなによ！ それにそんなに肩で息をして……わざわざ大急ぎで戻ってきた理由を話しなさいっ」

薫が背中に隠した布袋を柚姫が奪い取ろうとする。

「あ、こら、人のものを取るな、この泥棒！」

「私のものだけ見るなんて不公平よ！ えいっ！」

「あっ⁉」

引っ張られた布袋の口が開き、なかのものが勢いよく飛びだす。こちらも衣服。

（こ、これは……っ）

こっちの服にも貴寛は見覚えがあった。色こそ違うが、かつて柚姫が着たようなバニースーツだった。もちろん、ウサ耳や別襟、カフスもある。

「お、お前だって私の真似じゃないのよ！」

「柚姫みたいなペチャパイより、こういうセクシーな衣装は、わたしのようにグラマーな大人の女が着るべきなのよ！　タカだってそう思うでしょ⁉」

（ここで僕に振るの⁉）

ゴスロリドレス（もしくはブルマ）を着た柚姫。バニーガールの薫。

どちらもとても似合うと思うし、見てみたいとも思う。

正直にそう答えようとするより早く、二人の上級生はいきなり制服を脱ぎはじめた。

「な、なにをしてるんですっ⁉」

「実際に着て、キミに見せてあげる」

「きっとわたしのこと、ペットにしたくなるぞ？」

「貴寛のペットは私だけで充分。お前はせいぜい護衛のドーベルマンがいいとこよ」

「なんだと、このお子ちゃま体形が！」

互いを罵りながら器用に着替える。

「貴寛、私に惚れ直したでしょ？」

「タカ、ペットにするならわたしだよな？」

まるで西洋人形のように美しいドレス姿の少女と、耳と尻尾がよく似合ったグラマーなバニーガールが同時に迫る。

（選べない……僕、やっぱり選べないよお！）

贅沢すぎる、けれど悩ましすぎる二者択一に、貴寛は泣きたくなる。

それが嬉し涙なのかそうでないのかは、自分でもよくわからなかったけれど。

「貴寛、ぺろぺろしてあげるわ」

「タカの大好きなおっぱいでむにむにしてやるぞっ」

そして今日もまた、少年は二人の生徒会長に押し倒されるのだった。


何年か後、メイタンと西谷用品が合併し、ウサギをイメージキャラクターとした新会社が設立され、その代表に一人の若い青年が就くのだが、これはまた別のお話。

イメージキャラクターのウサギには二匹の奥さんがいて、可愛い子供たちとともに幸せに暮らしている、という裏設定があるらしい。

もっとも、この奥さんたちが仲良くなったという話は、今のところどこにもないのだけれど。

美少女文庫
FRANCE SHOIN

W《ダブル》生《せい》徒《と》会長《かいちょう》～どっちを選《えら》ぶの!?

著者／青橋由高（あおはし・ゆたか）
挿絵／丸ちゃん。（まるちゃん）
発行所／株式会社フランス書院
〒102-0072　東京都千代田区飯田橋 3- 3 -1
電話（営業）03-5226-5744
（編集）03-5226-5741
URL http://www.bishojobunko.jp

印刷／誠宏印刷
製本／宮田製本

ISBN978-4-8296-5860-4 C0193